BRIGITTE ALMUT GMACH

Die Inselnomadin

Teil 1 Anna, Teil 2 Maryanne

novum pro

www.novumverlag.com

Bibliografische Information
der Deutschen Nationalbibliothek:

Die Deutsche Nationalbibliothek
verzeichnet diese Publikation in
der Deutschen Nationalbibliografie.
Detaillierte bibliografische Daten
sind im Internet über
http://www.d-nb.de abrufbar.

Alle Rechte der Verbreitung,
auch durch Film, Funk und Fernsehen,
fotomechanische Wiedergabe,
Tonträger, elektronische Datenträger
und auszugsweisen Nachdruck,
sind vorbehalten.

© 2020 novum Verlag

ISBN 978-3-99107-124-2
Lektorat: Christina Eckhard
Umschlagfotos: Brigitte Gmach,
Ramzi Hachicho | Dreamstime.com
Umschlaggestaltung, Layout & Satz:
novum Verlag

Gedruckt in der Europäischen Union
auf umweltfreundlichem, chlor- und
säurefrei gebleichtem Papier.

www.novumverlag.com

Teil 1
Anna

PROLOG

Ein Brief von einem Gericht! In Deutschland. „Was soll das?", denkt Anna. Schon so früh am Vormittag hat der Briefträger geklingelt und ihr einen eingeschriebenen Brief zum Unterschreiben hingehalten. Als die Tür wieder ins Schloss fällt und das nervige Gebimmel der Klangstäbe oberhalb der Eingangstür verklungen ist, setzt sich Anna erst einmal auf den grünen hölzernen Klappstuhl an den weiß lackierten Küchentisch. Es ist ihr Lieblingsplatz, von dem sie in früheren Jahren aus den Haushalt, die Familie und sich selbst organisierte.

Wo hat sie nur den Brieföffner wieder hingelegt, gestern, als sie damit die Reklamekuverts geöffnet hat, die ins Haus geflattert sind? Ihr Mann würde wieder mahnend den Zeigefinger heben mit seinem beliebten Spruch:
„Lege die Dinge dorthin zurück, wo du sie hergenommen hast!"
Wenn das nur immer so leicht getan wäre wie gesagt. Werner ist nun schon drei Jahre tot. Ein Sekundenherztod beim Tanzen, auf der Fahrt nach Norden – nach Finnland, das er so sehr liebte. Sie hatten bei einem Partnerstädtetreffen in Sachsen unterbrochen. Da war es am Abend beim Zeltfest passiert. Anna fühlt sich noch immer mitschuldig an seinem Tod, weil sie nicht vor dem Zelt auf ihn wartete, wie er sie gebeten hatte. Sie lief schnell ins Zelt, um nach einer Französin zu sehen, die sie einmal bei einem ähnlichen Fest vor einem Jahr getroffen hatte. Es war keine böse Absicht dahinter. Natürlich denkt Anna oft darüber nach, warum sie ihren Mann nicht zum Auto begleitet hatte. Er wollte sich nur einen warmen Pullover holen. Sie tanzten dann, um eine versöhnliche Stimmung heraufzubeschwören. Dass die ganze Angelegenheit so enden würde, wer hat das schon kommen sehen?

Mit einer Handbewegung versucht Anna diese trüben Gedanken zu verscheuchen, die schon wieder von ihr Besitz ergriffen haben. Mit dem Messer, mit dem sie eben noch ihr Frühstücksbrot mit Butter und Marmelade bestrichen hat, öffnet sie den grünen amtlichen Umschlag. Der Absender ist von einem Gericht einer ihr nicht geläufigen Kleinstadt in Deutschland. Ach ja, da ist von Onkel Julius die Rede! Onkel Julius ist vor drei Monaten verstorben. Er war kein richtiger Onkel. Er war ein Freund und Arbeitskollege ihres Bruders, der als Arzt in Deutschland gearbeitet hatte, wo er vor einem Jahr tragisch verunglückte. Dieser Julius kam oft in Begleitung ihres Bruders auf Besuch. Er war unverheiratet geblieben und kinderlos. Anna wusste, dass Julius eine heimliche Schwäche für sie hatte.

„Leider ist mir nie so eine Frau wie du über den Weg gelaufen", sagte er oft bei diesen sporadischen Besuchen.

„Sei froh!", erwiderte ihr Mann, „sie kann auch anders sein, egozentrisch und boshaft." Nun, er musste es ja wissen.

Anna hatte wohl eine Todesanzeige bekommen, war aber durch eine Erkrankung gehindert, an der Beerdigung teilzunehmen.

Und nun steht in diesem Gerichtsschreiben, dass sie, Anna Wieser, rechtmäßige Erbin eines kleinen Häuschens in einem Fischerdorf an der Westküste einer kanarischen Insel sei. Anna erinnert sich an eine Reise vor vielen Jahren auf diese Insel. Ja, da waren so wilde Buchten mit gewaltiger Brandung. Anna hat Angst vor hohen Wellen, seitdem sie als junges Mädchen in Südfrankreich in der Brandung fast ertrunken wäre. „Warum liegt das Häuschen nicht auf einer Insel im Mittelmeer?", sinniert Anna. Das wäre doch der Ort ihrer Sehnsucht gewesen. Das Haus am Meer! Anna kann sich nicht erinnern, dass Julius oder auch ihr Bruder von so einer Bleibe erzählt hätten. Merkwürdig. War er nie dort, ihr Bruder? Zumindest hat er darüber nicht viel berichtet. Gab es Geheimnisse in seinem Leben, die er mit ins Grab genommen hat? Warum hat Julius gerade sie als Erbin eingesetzt? Sie war trotz seiner Zuneigung zu ihr oft abweisend. Sie fühlte sich bedrängt, auch ihrem Mann gegenüber oft schuldig deswegen. Ihr

Mann hatte sehr rigide Moralvorstellungen. Anna war doch eine verheiratete Frau und wollte nach der unglückseligen Liebesgeschichte mit diesem Bildhauer nicht noch einmal den Argwohn und das Misstrauen ihres Mannes beschwören. Jetzt, wo doch alles im Lot schien. Vorbei die Zeiten der mühsamen Rückeroberung. Zu mühsam war der Weg zurück gewesen zu Versöhnung und Frieden. Ist ihr Mann vielleicht auch an „gebrochenem Herzen" gestorben? Er hatte den Bruch verzeihen können, aber nicht vergessen. Hatte er die Situation überhaupt verstanden?

Als „Retourkutsche" wollte er mit dieser Lehrerin ein Verhältnis anfangen. Von ihr hatte er immer geschwärmt und damals im Zug angefangen, vor allen anderen ihre Hand zu streicheln. Das fanden sowohl besagte Lehrerin, Theresa, als auch Anna geschmacklos und peinlich. Die junge Frau, die von Annas Verhältnis gewusst hatte, stellte sich dezidiert gegen die Annäherungsversuche von Annas Mann. Sie sagte ihm klipp und klar, dass sie an ihm kein Interesse habe und nicht der Anlass zur Explosion eines Pulverfasses sein wolle. Theresa hatte Anna diese Angelegenheit in einem offenen Gespräch nach der Beerdigung gestanden. Ihr Mann verstand nicht, dass man sich für einen sogenannten „Fehltritt" nicht einfach rächen kann. Gefühle sind schlecht steuerbar.

Nun, diese Zeiten sind Gott sei Dank vorbei. Die Beteiligten sind entweder gestorben, noch einmal verheiratet oder allein geblieben. Also, wozu? Jetzt geht es um etwas Reelles.

1. TAG

Drei Wochen nach Erhalt des Schreibens steht Anna am Flughafen der Insel im Atlantik. Sie hatte sich in der Zwischenzeit mit einem deutschen Maklerbüro in Verbindung gesetzt, das ihr angeboten hatte, sie in den Fragen eines möglichen Verkaufs zu beraten. Sie ist nun 70 Jahre alt und will sich nicht mehr mit so einer Fußfessel wie einem Haus belasten. Ihr eigenes Haus hat sie ihrem Sohn übergeben, der nach der Renovierung im oberen Stockwerk mit seiner Familie dort wohnen will. Zudem liegt dieses Ferienhaus auf einer Insel, die man nur mit einem vierstündigen Flug erreichen kann. Um so ein Haus muss man sich kümmern, anfallende Reparaturen erledigen lassen. Ihre zwei Kinder hatten sofort erklärt, dass sie an diesem Haus auch kein Interesse hätten. Sie wollen Geld sehen, mit dem man Schulden begleichen kann.

Man hatte Anna geraten, vom Flughafen am besten gleich mit einem Taxi an die Westküste zu fahren. Mit den öffentlichen Verkehrsmitteln käme man nur zu einem Ort im Zentrum der Insel, von dort entweder mit dem Taxi oder zu Fuß weiter. Obgleich es eben fraglich sei, in diesem Ort überhaupt ein Taxi aufzutreiben. Da gäbe es nicht einmal mehr eine Bar, geschweige denn ein Restaurant oder ein Geschäft.
 Der Taxichauffeur lädt Annas roten Rollkoffer in den Kofferraum seines weißen Autos. Als sie ihm den Namen des kleinen Fischerdorfes nennt, zieht der Mann erstaunt seine Augenbrauen hoch.
 „La señora está la primera vez en la isla?", fragt der Mann neugierig. Wahrscheinlich hat er noch nicht viele Gäste mit dem Taxi dorthin gebracht. Die Worte des Mannes sprudeln rasend schnell im Lokalkolorit der Inselbewohner aus seinem Mund. Aber Anna hat in den letzten drei Wochen einen Intensivkurs in Spa-

nisch belegt, um ihre Kenntnisse von früher aufzufrischen, und kann dem Mann die Frage beantworten.

„Sí, es la primera vez!" Sie muss ihm ja nicht gleich erklären, dass sie ein Haus geerbt hat.

Eine düstere Regenwolke zieht ihre Schauer über das öde wirkende Land. Sie kommen im Landesinneren an sorgfältig gepflügten Äckern vorüber, deren Erde braunrot leuchtet und gierig das Wasser von oben aufsaugt.

„Es regnet so wenig", sagt der Chauffeur. „So kann nichts wachsen!"

Anna bleibt einsilbig. Sie versteht nur einen Bruchteil von dem, was der Mann ihr alles erzählt. Sie hätte jetzt lieber keinen Regen. Das macht alles so grau und trostlos. Dabei sind die Kanarischen Inseln doch die, wo es ewigen Frühling gibt?

Es ist schon dämmrig, als das Taxi die letzten Kurven zur Bucht hinunterfährt. Anna sieht das brausende Meer, die wenigen, eng aneinander gebauten Häuser und den grünen Barranco, der das ganze Jahr Frischwasser führen soll. Eine Windböe und ein Sprühregen empfangen sie, als sie aus dem Auto steigt. Der Mann lädt ihren roten Koffer aus und stellt ihn auf dem Parkplatz einfach auf den Boden. Unsicher blickt Anna sich um. Sie bittet den Mann, noch einen Augenblick zu warten, bis sie in der Bar nach dem Schlüssel für das Haus gefragt hat. In der Bar, die aus dem gemauerten Küchenraum und einer mit Plastik abgedeckten Terrasse besteht, mustert man sie neugierig. Ihre Aufmachung in dem engen roten Kleid mit den Stöckelschuhen und ihrem roten Rollkoffer wirkt hier ein wenig fehl am Platz. Zu dieser späten Stunde sind fast nur Einheimische da, die ihren Kaffee und ihr Bier oder ihren Wein trinken. Die Elektrizität wird von einem laut brummenden Dieselgenerator erzeugt. An den wenigen Laternen, die das Umfeld beleuchten, hängen Solarzellen. Als der Kellner mit ihr herauskommt, bezahlt sie den Taxifahrer und bedankt sich. Kopfschüttelnd setzt sich der Mann ins Auto und fährt mit einem kurzen Hupen wieder zurück.

„Ich bin die neue Besitzerin von Haus Nummer zwei." Anna blickt sich suchend um.

„Das ist das dort bei dem Felsen, das alleine steht", sagt der Kellner und begleitet sie mit ihrem holpernden Rollkoffer hinüber. Eine kleine Holzbrücke führt über den Barranco, in dem sich ein paar Enten an Brotbrocken gütlich tun. Nun stehen sie vor der kleinen Terrasse, zu der zwei Stufen hinaufführen. Die Fensterläden sind hellblau gestrichen, die zwei Türen auch – eine rechts, die andere links.

„Da ist der Schlüssel. Wenn Sie etwas brauchen, sagen Sie es einfach. Wir helfen Ihnen gerne. Abends gibt es heute keinen Strom, weil wir früher Schluss machen. Da wird der Generator abgeschaltet. Haben Sie eine Taschenlampe? Warten Sie, ich schaue nach, sonst borge ich Ihnen in der Zwischenzeit eine. Es hat hier seit dem Tod Ihres Verwandten niemand mehr gewohnt. Nur ein Freund hat gelegentlich nachgeschaut, ob alles in Ordnung ist. Ich werde ihm morgen Bescheid sagen, dass Sie da sind."

Eine riesige Welle schlägt fast über den hohen Steinwall, den die Flut über Jahrzehnte aufgehäuft hat. Die schwarzen Felsen scheinen zu erzittern, wie bei einem Erdbeben.

„Warum bin ich nicht zuerst ins Hotel gegangen, um mir das alles bei Tageslicht in Ruhe anzusehen?", fragt sich Anna kopfschüttelnd.

Anna hat Mühe, den Schlüssel in das leicht verrostete Schloss der rechten Tür zu stecken. Endlich dreht er sich. Mit einem Ruck springt die blaue Tür nach innen auf. Es war gar nicht richtig zugesperrt. Anna tastet nach dem Lichtschalter und sieht die Taschenlampe auf dem großen Tisch liegen. Es ist gerade so, als ob Onkel Julius – wie die Kinder ihn immer riefen – alles für sie schon in weiser Voraussicht hingelegt hätte. Da geht auch schon das Licht wieder aus. Der Kellner in der Bar hat den Generator abgeschaltet.

„Mein Gott", denkt Anna, „wo bin ich da nur hingeraten?" Sie tastet sich zum Tisch hin und nimmt die große Taschenlampe in Betrieb.

„Hoffentlich sind genug Batterien da." Warum hat Julius nie von diesem Haus erzählt? War das sein Refugium? Welches Geheimnis aus seinem Leben verbirgt sich dahinter? Hat Julius ein Doppelleben geführt?

In dem großen Wohnraum befindet sich in der Mitte der große weiße Tisch mit den Plastikstühlen. Links an den zwei Wänden stehen auf gemauerten Podesten die Betten. Eine kleine Türe in der linken hinteren Ecke des Raumes führt in einen weiteren kleinen Schlafraum. In der rechten hinteren Ecke ist eine Tür zu einer Toilette mit einer kleinen verrosteten Duschwanne. Beim Eingang gleich rechts befindet sich eine gemauerte, gefliese und geschwungene Anrichte. Dahinter der zweiflammige Gasherd und die Spüle. Die mit Glas oder einfachem Fliegengitter versehenen Fenster sind von innen mit blau gestrichenen Holzläden verschlossen.

Anna öffnet die Fernster, durch welche nun schwach die Lampen auf der einzigen Straße herein leuchten. Ihr Energielieferant sind Solarzellen, die an jedem Laternenmast angebracht sind. Draußen Totenstille – bis auf das Heranbrausen und Sich-wieder-Zurückziehen der großen Wellen, denen das Poltern der großen, rollenden Steine folgt. Dann und wann ein kurzes Aussetzen der rhythmischen Geräusche. Es ist wie bei ihrem Herzen, wenn der Herzschlag für einen Bruchteil einer Sekunde aussetzt, um erneut stürmisch weiter zu schlagen. Diese Unregelmäßigkeiten sind erst nach dem Tod von Annas Mann aufgetreten.

Sie hat den fast körperlichen Eindruck, als stünde Julius neben ihr. Im Badezimmer stehen noch Flaschen und Tiegel, ein paar Handtücher hängen an Haken, als ob sie erst benützt worden wären. In einem Kasten beim Küchenblock entdeckt Anna in einer Glasdose Kaffee, eine angebrochene Packung trockener Kekse und … eine Flasche Wein und ein Glas auf der Theke. Alles wie von Geisterhand hingestellt. Es war die Idee des Kellners gewesen, wie Anna am nächsten Tag erfahren sollte. Von wem wusste dieser, dass sie kommt? Wer hat es ihm mitgeteilt? Der Immobilienmakler vielleicht.

Anna hat nur noch das Bedürfnis, sich flach hinzulegen. Sie zieht sich aus und wäscht notdürftig Gesicht und Hände. Die Stöckelschuhe sind total fehl am Platz. Gott sei Dank hat sie Wandersandalen und Turnschuhe eingepackt. Die wird sie hier vor allem brauchen können. Die meisten Kleidungsstücke in ihrem roten, eleganten Rollkoffer hätte sie auch zu Hause lassen können. Jeans, T-Shirt und den warmen Pullover – das wird sie hier anziehen. Ob man da überhaupt schwimmen kann? Bei dieser Brandung? Morgen würde der Makler kommen. Und dann ab ins Hotel mit allen Annehmlichkeiten der Zivilisation! Warmes Wasser, Frühstück, Licht ...! Ja, mit dem Frühstück muss sie wohl warten, bis die Bar wieder aufsperrt. Aber vielleicht findet sich etwas hier in diesem Schrank außer Kaffee und diesen Keksen! Zwieback vielleicht. Ein paar Dosen entdeckt Anna auch. Also, hungers sterben wird sie nicht. Irgendwie stört es sie inzwischen, dass sie den Makler gleich herbestellt hat. Sie muss sich doch erst einen Überblick verschaffen.

Sie vergewissert sich, dass die Türe versperrt ist. Sie hatte den Eisenriegel vorgeschoben. Sie findet im kleinen Nebenraum zwei Decken, zieht sich ihre Leggings an und legt sich in das erste Bett gleich bei der Tür. Da ist ihr der Fluchtweg offen. Sie wickelt sich in die Decken, legt die Taschenlampe auf einen Stuhl neben das Bett und schläft sofort ein. Ein schmaler Lichtstrahl der Straßenbeleuchtung zwängt sich durch das Fliegengitter. Anna hat ein Fenster offen gelassen, weil sich doch ein wenig Gasgeruch im Raum bemerkbar macht.

2. TAG

Immer wieder erwacht Anna vom Toben der Flutwellen. Sie steht auf und blickt durchs Gitter. Es ist Vollmond. Da ist die Flut am höchsten. Sie sieht, wie die Schaumkronen den Steinwall an einer Stelle überfluten, und das Wasser in den kleinen See am Ende des Barranco fließt. Was ist, wenn das Wasser noch mehr steigt?

„Nein, das halte ich nicht aus", sagt sie laut zu sich.

„Wohnt da eigentlich außer mir noch jemand?"

Plötzlich ist da ein anderer, ungewohnter Lärm. Es klingt so, als ob zwei Mopeds vor dem Haus hin- und herfahren würden. Unwillkürlich umklammert sie die Taschenlampe und liegt starr im Bett. Das Gehör auf die vermeintlichen Mopeds gerichtet. Langsam verebbt das Geräusch. Vielleicht hat sich auch nur die Flut zurückgezogen.

„Da bleibe ich keine Nacht länger", beschließt sie fast trotzig.

Trotz aller Unruhe schläft Anna wieder ein und wird erst in der Früh durch das fahle Licht des Morgens geweckt.

Zerschlagen schält sie sich aus den Decken, streckt ihren steifen, gekrümmten Rücken und öffnet die Tür.

„Mein Gott, es ist ja schon acht Uhr!", ruft sie erschrocken mit dem Blick auf ihre Armbanduhr. Für zehn Uhr hat sie ja den Makler bestellt. Und wie sie aussieht, ganz zerknittert, stellt sie mit einem Blick in den Spiegel fest.

„Und Hunger habe ich auch", spricht sie halblaut zu sich selbst. Ob es hier Kaffeepulver gibt? Ach ja, das hat sie gestern gesehen! Anna öffnet den Küchenschrank, holt Kaffeepulver heraus und findet auch noch eine zweite angebrochene Packung mit Keksen, die gar nicht so schlecht schmecken. Auf dem Gestell neben dem Herd findet sie eine dieser Napoletanas, diese metallenen „Kaffeekochkännchen", die in den südlichen Gegenden zum Kaffeekochen verwendet werden. Es gibt sie meist in jeglicher Größe.

Vielleicht würde der Makler sie nach der Besichtigung des Hauses gleich in die Hauptstadt mitnehmen. Dort würde sie sich in ein Hotel einmieten und eine Woche lang Sonne und Meer in angenehmem Luxus genießen.

Plötzlich steht ein dunkler Schatten in der Eingangstür, die auf die kleine Terrasse mit dem blauen Tisch und den zwei weißen Stühlen hinausführt. Anna ist gerade dabei, den Kaffee in die Morgensonne hinauszutragen, als sie mit dem Schatten fast zusammengestoßen wäre. Der Kaffee schwappt über den Rand, als sie erschrocken einen Schrei ausstößt.

„Disculpe", sagt der Schatten. „Ich weiß, dass Sie die neue Besitzerin des Hauses sind. Ich bin ein guter Freund von Julio. Er hat mir von Ihnen erzählt." Der Mann spricht Julio aus wie „Juli". Der Mann ist gedrungen, mit einer Kappe auf dem schütteren Haar, in das sich schon ein paar Silberfäden hineinverwoben haben. In der Hand hält er ein in Alufolie gewickeltes Päckchen.

„Ich dachte, Sie brauchen fürs Erste etwas zum Essen. Wenn Sie sonst irgendetwas benötigen – ich bin der Besitzer vom Restaurant am anderen Ende der Bucht, das ‚Terrazza'. Kommen Sie ruhig." Der Mann dreht sich so rasch um, wie er gekommen war. Barfuß eilt er über die großen Steine davon. Anna lächelt, als sie das Loch in seiner Hose bemerkt. Wenigstens ein Mensch in dieser gottverlassenen Gegend! Dieser Mann wird ihr sicher etwas über das Doppelleben von Julius erzählen können. Anna spürt zu ihrem Erstaunen eine Art Neugier und Entschlossenheit.

Sie hat gerade noch Zeit, ihre Haare in Ordnung zu bringen, als ein weißer Mercedes direkt den Weg zur Terrasse gefahren kommt. Obwohl nach dem Parkplatz ein Schild für Fahrverbot steht. In der Zwischenzeit hat sich auch der graue Wolkenschleier, hinter dem sich die Sonne versteckt hatte, gelichtet. Die Bucht ist in ein einladendes helles Licht getaucht. Rosa Wolken tanzen am Himmel.

„Buenos días!", sagt eine runde Stimme, die zu dem beleibten Herrn gehört, der gerade seufzend dem Mercedes entsteigt.
„Ich bin doch hier richtig? Sie sind Señora Wieser?" Er spricht in einem fast akzentfreien Deutsch. Sein Lächeln ist breit und gewinnend, seine Augen aber kalt und berechnend. Mit besitzergreifendem Blick sieht er sich um, so, als ob schon alles ihm gehören würde. Anna vermutet, dass er nicht zum ersten Mal hier ist. Vielleicht wollte Julius das Haus schon einmal verkaufen.
„Na ja", sagt er und schnalzt dabei mit seinem rechten Zeigefinger.
„So viel kann ich Ihnen für dieses Haus auch nicht bieten. Schon gar nicht in dieser Lage, wissen Sie. Das Haus hat ja nur einen bewohnbaren Raum. Dieser Raum auf der linken Seite – das muss ja alles erst adaptiert werden. Der hintere Teil, den man durch eine Tür erreicht, hat kein Fenster. Da muss schon einiges an Geld investiert werden, um es gewinnbringend verkaufen zu können. Man könnte zwei Apartments daraus machen. Natürlich mit zweiter Toilette und zweitem Bad.

Und diese Außenwand hier ist feucht. Da schlagen im Winter bei Sturmflut schon mal die Wellen dagegen. Und das Haus steht sowieso auf verbotenem Terrain, wie alle Häuser hier. Alles illegal gebaut. Aber die Majoreros haben sich damals nicht vertreiben lassen, als die Regierung die Häuser abreißen lassen wollte. Das gab einen Aufstand damals, sage ich Ihnen! Es ist mir sowieso unverständlich, wie Ihr Onkel – wie hieß er doch?"

„Julius", wirft Anna genervt dazwischen.

„Ach ja, ich erinnere mich wieder. Ja, wie er an dieses Haus gekommen ist. Wissen Sie, ich hatte damals den Fall von meinem Vorgänger übernommen, dessen Kanzlei ich gekauft habe. Die ‚Crisis' damals, Sie wissen, wovon ich spreche."

Anna konnte ob dieses Redeschwalls nur nicken.

„Ich bin eine Woche auf der Insel und werde mir so bald wie möglich in Puerto ein Hotelzimmer nehmen."

„Ja, Señora, das verstehe ich. Hier können Sie nicht länger bleiben. Ohne Komfort, ohne Auto geht das gar nicht. Lassen Sie sich alles gut durch den Kopf gehen. Ich mache Ihnen einen fairen Preis. Da kenne ich mich aus. Sie werden sich doch mit so einer Immobilie keinen Klotz ans Bein hängen. Um das Geld vermittle ich Ihnen ein angenehmes Apartment in der Nähe der Hauptstadt oder in Costa Calma mit Blick aufs Meer und Palmen rundherum. Ich werde Sie übermorgen anrufen – nein, da muss ich nochmals herkommen! Hier haben Sie auch keine Telefonverbindung. Erst oben auf der Straße!"

Er reicht Anna seine fleischige Hand, deren Finger von den Zigarettenkippen gelbbraun gefärbt sind. Geraucht hat er nicht, denkt Anna rasch. Er muss das Schild „Rauchverbot" gelesen haben. Anna ist es erst jetzt aufgefallen. Die Reifen des Wagens quietschen siegesgewiss, als er wegfährt.

Die dunklen Wolken haben sich ganz verzogen. Fasziniert betrachtet Anna die heranstürmenden Flutwellen. Immer wieder donnert ein Brecher von hinten gegen den schwarzen Felsvorsprung. Die weiße Gischt spritzt hoch auf. Der Sprühregen geht bis zur kleinen Terrasse.

Auf der rechten Seite der Bucht, wenn man aufs Meer sieht, steht das „Restaurant", das dem Mann gehört, der ihr den Sandwich gebracht hat. Anna bemerkt, dass sie ja noch nicht einmal gefrühstückt hat. Hastig beißt sie in das weiche Brot, wobei ihr die Tomaten herausrutschen und auf den Boden fallen. „Der Mann hat es mit dem Belag gut gemeint", schmunzelt Anna. Und wie das schmeckt! Auf dem Terrassendach des Restaurants, das aus rohgezimmerten Balken mit Schilf dazwischen besteht, steht ein Schild mit der Aufschrift „Terrazza". Der Wind hat das „T" von den übrigen Buchstaben durch einen Riss getrennt und das Ganze in eine eher windschiefe Lage gebracht. Dem großzügig an die weiße Wand darunter geschriebene Wort „RESTAURAN" fehlt das „T". Der Maler – ein Koch und Pizzabäcker aus Italien, wie Anna später erfährt – hatte dafür keinen Platz mehr gefunden.

Anna sieht Stühle und Tische. Die in der vorderen Reihe sind nur mit einem Seilgeländer vom Abgrund auf die untere Terrasse getrennt. Der Weg zu diesem Restaurant ist steinig, führt bei stürmischer Flut knapp am Wasser vorbei. Nur Neugierige und Eingeweihte finden den Weg. Aber der Blick von dort hinunter auf das brandende Meer muss spektakulär sein.

Die meisten Touristen stellen ihre Autos auf dem oberen Parkplatz vor der Furt durch den Fluss aus dem Barranco ab. Von dort führt auch eine Fußgängerbrücke aus Beton zum unteren Parkplatz. Wenn es stark geregnet hat, ist das Passieren der Furt wegen der Überschwemmung nicht möglich. Gleich oberhalb der Bucht steht die bekannte Bar „Casa Pon". Auf der Mauer wird in verblichener Farbe mit „Pescados frescos" geworben. Der Dieselgenerator am staubigen und steinigen Weg oberhalb der Bar mit der blau bemalten Terrasse macht sich durch ein absterbendes Tuckern bemerkbar. Als das Tuckern endgültig verstummt, eilt einer der Angestellten hinauf zum Generator, der in einem gemauerten Häuschen untergebracht ist. Ein zweiter springt in den roten Pick-up und fährt damit auch hinauf. Zu zweit versuchen sie mit Hilfe der Autobatterie den Motor wieder in Gang zu setzen.

Zwischen dem „Terrazza" und dem „Casa Pon" ducken sich kleine mehr oder weniger weiß getünchte Häuser in zwei Reihen wie Kuben aneinander. Die meisten der Fenster und Türen sind fest verschlossen. Die Bewohner kommen nur am Wochenende in der kühleren Jahreszeit. Im Sommer herrscht auch hier der Ferienbetrieb der Einheimischen. Oben auf dem Rand der felsigen Klippen stehen etliche runde Ruinen aus Steinen erbaut. Vielleicht waren das alte Windmühlen. Daher der Name: „Los Molinos".

Vor Annas Häuschen versandet der Bach, der aus dem grün bewachsenen Barranco rinnt. Bei Sturmflut allerdings schwappen die Wellen über den hohen Steinwall am Ufer und erzeugen mit dem Brackwasser einen richtigen See. Jetzt schwimmen dort Enten unter der Fußgängerbrücke hindurch. Hinter dem Haus von Anna führt ein felsiger Steig zu einem gigantischen Aussichtsplatz. Bei starkem Wind besteht die Gefahr, hinunter in das brodelnde Meer geschleudert zu werden.

„Nun, das werde ich alles noch erkunden, bevor ich diesen Platz aufgebe", denkt sich Anna und blickt erschrocken an sich hinunter. „Ich habe ja noch den Jogginganzug an, mit dem ich die ganze Nacht geschlafen habe! Wie peinlich! Deshalb hat mich der Makler so komisch angesehen." Mit einem lächelnden Gesicht eilt Anna ins Haus, um sich zurechtzumachen. Trotz der mangelnden Wärme beschließt sie, sich unter den kalten, dünnen Wasserstrahl in der kleinen Duschwanne zu stellen. Das Wasser schmeckt leicht salzig. Ob das aus dem Barranco kommt? Anna fühlt sich danach angenehm erfrischt.

„Da muss ein Boiler her. Aber wie soll der geheizt werden? Vielleicht mit Solarzellen wie das Licht der drei oder vier Straßenlaternen? Aber das wird nicht mehr mein Problem sein. Wenn das Haus erst einmal verkauft ist. Wenn ..."

Anna packt ihren Koffer aus und hängt die Kleider in den Kasten hinten in dem Zusatzzimmer mit dem schmalen Doppelbett. Alles riecht dort muffig! Die Kleider wird sie hier sicher nicht brauchen.

„Am besten ist es, ich bleibe im Jogginganzug und in meinen Turnschuhen. Über die verrückte Idee mit den roten Stöckelschuhen muss ich ja lachen!" Anna fühlt sich zunehmend unbeschwert. Ist das ständige Rollen der Wellen dafür verantwortlich? Nehmen die Wellen die Schwere mit sich fort?

Sie sucht im Kasten nach Bettwäsche, um ihr Bett zu beziehen. Die vergangene Nacht hatte sie einfach nur unter den Wolldecken gelegen. Beim Stöbern und Suchen fallen ihr Kindersachen in die Hände. Wer mag hier außer Julius noch gelebt haben? Hatte er vielleicht ein Kind, eine Geliebte? Obwohl er sich immer als eingefleischter Junggeselle ausgab. Es gibt irgendein dunkles Geheimnis im Leben dieses Mannes, welches sie noch unbedingt lüften muss, bevor sie dieses Haus verkauft. Vielleicht gelingt es noch in dieser Woche, aber dazu müsste sie im Haus wohnen bleiben. Na ja. Etwas wie ein Jagdeifer hat sich ihrer bemächtigt. Der Makler ließe sich sicher vertrösten. So sehr eilt es nun plötzlich auch nicht.

Als es Mittag ist und die Sonne schon richtig wärmt, zieht sich Anna eine kurze Hose und ein T-Shirt an, bindet ein buntes Tuch um ihr ergrauendes Haar, das sie zu einem Knoten geschlungen hat. Seit dem Tod ihres Mannes hat sie an ihrem Äußeren nicht viel verändert. Für wen auch. Sie hatte sich von ihren früheren Freunden und Bekannten etwas zurückgezogen. Was auch auf Gegenseitigkeit beruhte. Eine Witwe ist immer eine Frau zu viel in der Gesellschaft, vor allem bei einer Einladung. Unterhielt sie sich gut, was meist mit Männern der Fall war, sahen sie die Ehefrauen argwöhnisch an. Sie hatten Angst um die Treue ihrer Männer. Außerdem hat sich Anna der Reduktion verschrieben, in jeder Beziehung.

Zu Hause bewohnt sie noch das ganze Haus. Sie plant aber, ins untere Stockwerk zu ziehen. Ihr jüngster Sohn würde mit seiner Familie das obere Stockwerk bewohnen, aber erst, wenn es nach den Vorstellungen der jungen Leute weitgehend umgebaut worden wäre. Junge Leute von heute ziehen nicht einfach in die Räume, die ihre Eltern bewohnt haben. Anna wollte immer ein altes Haus, das schon Lebensspuren trüge. Sie würde unten nicht viel ändern. Für die wenigen Jahre, die ihr noch bleiben.

Nun, diesen Sorgen muss sie sich in dieser Woche nicht stellen. Zu ihrer Lebensreduktion gehört auch der Verkauf dieses Hauses. Anna verschließt die Haustür und nimmt den Weg an der Bar „Casa Pon" vorbei zu den alten Häusern. Sie möchte sich ein Bild von dieser Siedlung machen. Es gibt hier schon rein gar nichts. Auf einem kleinen Platz mit dem umwerfenden Blick aufs Meer steht eine Art Schrein mit der Jungfrau Maria hinter Glas, Papierblumen daneben. Eine steinerne Bank, ein roter Rettungsring an einem Pfosten befestigt. Ob der etwas nützt, wenn da jemand in den hohen Wellen versinkt? Eher eine moralische Unterstützung. Anna folgt den kleinen Holzschildern mit dem Wort „Terrazza" darauf. Der Weg führt eine Steinstiege hinunter zu den schwarzen runden Lavasteinen. Dann geht es unten schmal an den Häusern entlang, vorbei an umgedrehten Booten, befestigten Surfbrettern unter einer Plane aus Plastik, wieder bis zu einer Stiege, die zum Restaurant hinaufführt. „Wenn es stürmt, kann man hier auch nicht gehen", denkt Anna. „Da wird man von den Wellen zumindest nass, wenn sie einen nicht ins Meer spülen."

Juan, der Mann mit dem Sandwich zum Frühstück, kommt aus der kleinen, dunklen Küche, in der man die Wasserleitung rauschen hört. Geschirr steht herum, Steigen mit Bananen, Kiwis und Tomaten stapeln sich in kreativem Chaos. Draußen gibt es einen riesigen Pizzaofen, der aus Lehm und Stroh gemauert ist.

„Kann ich bei Ihnen etwas zu essen haben? Gibt es ein Karte?"

„Nein, heute habe ich keinen Fisch gefangen. Zum Pizzabacken sind zu wenige Leute da. Es ist zu viel Arbeit, ihn zu heizen. Der italienische Koch ist auch nicht mehr da. Es gibt nur Getränke, Bier, Wein, Wasser. Nein, Kaffee auch nicht."

Juan sieht auf seine nackten Zehen hinunter.

„Ich mache Ihnen aber gerne ein paar Tomaten mit Käse und Brot. Schließlich war Julius mein Freund. Ich freue mich, dass Sie in dem Haus wohnen werden."

„Danke", sagt Anna. „Tomaten genügen und vielleicht ein Glas Wein dazu. Ich habe heute bereits mit einem Makler gesprochen, der das Haus kennt. Er war schon hier heute Morgen. Ich möchte das Haus nicht behalten, sondern verkaufen. Was tue ich denn in dieser abgelegenen Gegend? Da kann man ja nirgends einkaufen. Mein Mann ist vor drei Jahren gestorben. Die Kinder haben kein Interesse und auch nicht das Geld, um später immer hierherzukommen, um Urlaub zu machen. Und mir ist es zu primitiv und zu einsam!"

Anna deutet mit einer ausladenden Handbewegung um sich und blickt Juan fragend an.

„Nun ja, Costa Calma oder Corallejo ist das natürlich nicht. Aber das hier ist noch ein Stück echter und ursprünglicher Insel. Ruhe, abgesehen vom Getöse der Wellen. Im Sommer natürlich auch das Leben der Einheimischen, die hier noch baden können, grillen, surfen. Julius war immer begeistert. Sie scheinen seinen Geschmack nicht zu teilen – oder Sie sind noch zu wenig lange hier."

Juan blickt Anna fragend, ja fast traurig an. Und auch ein wenig missbilligend.

„Warum schauen Sie sich nicht einfach einmal um? Sie sind ja erst angekommen. Setzen Sie sich hier in die Sonne und genießen Sie einmal diesen Blick aufs Meer."

Juan geht in die Küche und kommt bald darauf mit einem Teller zurück, auf dem er herrliche rote Tomaten mit Knoblauch und Olivenöl angerichtet hat. Dazu duftendes Weißbrot aus dem Holzofen.

„Nun lassen Sie sich das einmal schmecken. Sie sind mein Gast."

In der Zwischenzeit ist noch ein junges Paar über die schwarzen Steine herübergeklettert und hat gleich vorne beim Seilgeländer Platz genommen. Die Wellen rollen unaufhörlich heran und hinterlassen eine breite Spur von weiß glänzender Gischt. Die Möwen schießen schreiend die Felsen hinunter. Aus einer dunklen Wolke zerstäubt ein kurzer Regenschauer tausende von funkelnden Tropfen, während unmittelbar darauf die Sonne wieder hinter den Wolkenschleiern hervorblinzelt.

Anna schaut zu ihrem kleinen Haus hinüber. Direkt davor steht ein weißer Camper. Nein, das will sie nicht, dass die Touristen direkt vor ihrem Haus parken. Sehen sie denn nicht das Schild mit dem Parkverbot? Plötzlich überkommt sie so etwas wie Besitzerstolz. Das ist ihr Haus! Aber wollte sie es nicht gleich verkaufen? Dann könnte es ihr ja egal sein, was die Leute machen.

Sie verabschiedet sich hastig von Juan und balanciert über die großen Steine auf dem Uferwall zu ihrem Haus. Zwei Hunde springen herum und bellen sie an. Ein junger Mann in Pluderhosen und mit langen Haaren steigt auf den Steinen herum und scheint etwas zu sammeln.

„Sie sollten Ihren Wagen auf dem Parkplatz abstellen, nicht hier vor meinem Haus!", ruft Anna ihm zu.

„Normalerweise wohnt hier niemand. Es ist nur wegen der Steine, die sind so schwer." Der junge Mann zeigt auf die runden Steine, die er in dem Tuch gesammelt hat.

„Ach, entschuldigen Sie", sagt Anna, schuldbewusst ob ihrer Kleinlichkeit.

„Sind Sie Künstler? Natürlich, ich verstehe, Entschuldigung!" Der junge Mann, der einen erstaunlich geschmeidigen, schlanken Körper hat und sich fast mit tänzerischer Leichtigkeit bewegt, zeigt ihr nun seine Sammlung bunt bemalter Steine, die er verkaufen will. Der kleine Campingbus ist als Wohn- und Atelierraum hergerichtet. Es riecht nach indischen Gewürzen. Die Hunde schnuppern zutraulich an Annas Hand.

„Kann ich Ihnen etwas zu trinken anbieten? Vielleicht einen Kaffee?", fragt Anna, als sie sich auf die Terrasse setzt.

Der Künstler verneint bescheiden, schüttelt seinen ebenmäßigen Kopf mit den im Nacken zusammengebundenen schwarzen Haaren. Der Mann erzählt, dass er in Corallejo lebt, aber auch in Lajares Musik macht. Anna verspürt wieder dieses unbestimmte Bedauern, als der junge Mann sich verabschiedet und wegfährt.

Zum Abschied schenkt er ihr noch einen kleinen Stein, der mit roten und goldenen übereinander geschlungenen Kreisen bemalt ist. Und Anna gibt ihm eines der bunt bemalten Papierbänder, die sie aus ihrer meterlangen Rolle zu Hause gefertigt hatte.

Die Sonne senkt ihre goldenen Strahlen über das schäumende Wasser. Die letzten Touristen steigen über den felsigen Weg hinter ihrem Haus zum Aussichtsplatz auf der Klippe hinauf, um von dort den Sonnenuntergang zu bewundern. Viele der Tagesbesucher machen nur ein paar Fotos von der kleinen Kapelle, den Wellen. Trinken vielleicht in der Bar einen Kaffee oder essen etwas. Und das war es dann auch schon. Sicher, heute war es windig und regnerisch. Das Wetter hat nicht so viele Besucher aus den Hotels gelockt.

Anna nimmt ihren Regenanorak und die Kamera und steigt ebenfalls den in den Fels gehauenen Weg hinauf auf die Klippe. Vor ihr die Bucht, die schwarzen Felsen, die gezackt in die weiße Gischt abfallen. Eine hohe Welle stäubt über die Leute hinweg, die ganz vorne stehen. Die Wellen würden manchmal fast bis zum Haus schlagen, hat doch der Makler behauptet. „Keine so beruhigende Aussicht", denkt sich Anna. Eine Wolkenwand schiebt sich vor die Sonne, die dadurch die Wolken über den Bergen im Landesinneren in rosa Licht taucht. Von der Bar herüber hört man das Lachen der Einheimischen, die abends gerne auf ein Bier oder ein Glas Wein herkommen. Und heute ist zudem auch Samstag. Da würde der Generator vielleicht länger angeschaltet sein und dadurch Licht erzeugen. Sie kehrt in ihr Haus zurück. Rasch ist die Dämmerung in diesen Breiten hereingebrochen. Sie rückt die zwei Stühle auf der kleinen Veranda zurecht, zieht ihre Schuhe vor der Tür aus, putzt sich die nackten Füße an einem Tuch ab, das sie schon bereitgelegt hatte und versperrt die Haustüre hinter sich. Nur wenig vom verschwindenden Abendlicht dringt in den Raum, da die Fenster mit den blauen Läden verschlossen sind. Nur die mit dem Fliegengitter sind geöffnet. Anna dreht den Lichtschalter an und sucht gleich ein paar Kerzen, damit sie für den Notfall gerüstet ist, wenn das Licht ausgehen sollte. Auf einem Kästchen findet sie eine Glasbowle voll mit Teelichtern, die sie auf dem Tisch verteilt und anzündet. Jetzt braucht sie nur noch Tee zu kochen. Julius wird doch irgendwo so etwas vorrätig haben. In den zwei blau gestrichenen Kästchen beim Fenster neben dem Gasherd findet sie Tee, Zucker, Kaffee, Öl, Suppen und noch eine Flasche Wein. Der Abend ist gerettet.

So verlassen sieht das Haus nun doch wieder nicht aus, wie Anna es eigentlich erwartet hatte. Julius ist vor drei Monaten gestorben. Ihr Bruder vor einem Jahr, ihr Mann vor drei Jahren. Das war dann schon etwas viel auf einmal gewesen. Sie hatte früher Julius immer signalisieren müssen, dass sie eine verheiratete Frau war. Sie wollte ihre Ehe, ihre doch gute Beziehung zu ihrem Mann nicht gefährden. Aber warum hat Julius ihr das Haus vermacht? Ihr Bruder würde spöttisch sagen: „Das ist die Strafe, weil du seine Liebe nicht erwidert hast." „So ein Schwachsinn!", denkt sich Anna heute noch.

In Gedanken verloren setzt sie das Teewasser auf. Der Gasherd ist leicht zu bedienen. Die Gasflasche war nicht einmal abgedreht. Hat da jemand gewohnt, gekocht, gelebt? Es kann aber sein, dass Juan einen Schlüssel hat und ihr das frische Wasser hingestellt hat. Aber er wusste ja nicht, dass sie jetzt kommen würde. Aber vielleicht steht er mit dem Makler in Verbindung. Ist er am Kauf des Hauses interessiert? Dieser Gedanke macht sie plötzlich misstrauisch.

„Nur mit der Ruhe, es wird sich alles lösen." Anna gießt das brodelnde Wasser über die Teeblätter, holt eine Tasse aus dem Gestell unter der Anrichte und setzt sich an den Tisch. Sie hat den Sandwich, den ihr Juan in der Früh brachte, nur zur Hälfte gegessen. Mit ein paar von den Keksen muss das bis morgen reichen. Dann würde sie sich Brot und Milch von der Bar holen. Für die übrigen Zutaten zu ihrem Speiseplan müsste sie sich mit Juan besprechen. Er kann sie sicher zu einem Großeinkauf in die Hauptstadt mitnehmen. Das Benzin kann sie ihm ja zahlen.

Punkt neun Uhr wird das Tuckern des Generators immer schwächer. Plötzlich ist es ganz still – und auch dunkel bis auf den milden Schein der Teelichter. Nur das Tosen der Wellen ist zu hören.

„Ich habe mich zwar schon heute früh geduscht, aber noch einmal frisches Wasser über meinem Körper ließe mich sicher gut schlafen", murmelt Anna. Sie nimmt die Taschenlampe und geht in das angrenzende kleine Badezimmer. Am Rand der abgesplitterten Badewanne stehen alle möglichen Sorten von Seifen, Duschgels und Waschpulver. Anna hatte sich noch gar nicht die Zeit genommen, das Innere des Hauses richtig in Augenschein zu nehmen. Sie zieht sich aus und dreht den Wasserhahn auf. Als ihr diesmal das kalte salzige Wasser in dünnem Strahl über den Rücken rinnt, schaudert sie und dreht den Hahn wieder ab.

„Da bleib ich nicht! Mit so wenig Komfort will ich mich nicht abgeben! Draußen die Wellen und der Wind, drinnen kein Licht und nichts gegen die Kälte. Das ist ja ärger als Finnland! Da gab es wenigstens die Sauna." Anna trocknet sich rasch ab, zieht sich den Jogginganzug wieder an, nimmt die Lampe und kriecht so, wie sie ist, unter die Decke.

„Morgen muss ich unbedingt mein Bett beziehen. Ich lebe ja wie eine Obdachlose! Das ist hier so wie in meiner Kindheit am Bauernhof, als ich mit der Taschenlampe durch die Speckkammer in meine Schlafkammer musste. Damals dachte ich: ‚Nur schnell einschlafen, bevor die Geister erwachen'."

Sie dreht die Taschenlampe ab und ist bald im Rauschen der Wellen als Wiegenlied eingeschlafen.

3. TAG

Als Anna erwacht, ist es noch dunkel im Zimmer. Durch das halb geöffnete Fenster mit dem Fliegengitter strömt die kühle Morgenluft. Von den wenigen Straßenlaternen fällt ein mildes Licht herein und zeichnet an der gegenüberliegenden Wand ein helles Rechteck. Anna wickelt sich aus der Decke, um das Licht anzuschalten. „Ach nein", sagt sie zu sich, als es dunkel bleibt, „der Generator!" Sie öffnet die Eingangstür und sieht, dass die Morgendämmerung bereits Meer und Himmel zartrosa gefärbt hat. Wann wird die Sonne wohl aufgehen? Nach Osten zu versperrt die Bergkette die Sicht auf die aufgehende Sonne. Schwarz glänzen die großen Steine, die durch die Wellen zu einem Wall aufgetürmt sind. Dahinter versickert der kleine See des Barranco in einem dünnen Rinnsal. Die Wellen müssen nachts hoch gewesen sein – oder es hat geregnet, weil alles nass war.

Anna gießt Wasser in die kleine Espressomaschine. Das Sieb wird mit dem Kaffeepulver gefüllt und schon bald zieht der Duft des brodelnden, stärkenden Getränks durch den Raum. Anna deckt auf der kleinen Terrasse den blauen Tisch mit Tasse, Teller und Besteck und beginnt in eine Decke gehüllt den neuen Tag mit ihrem kargen Frühstück. Die Füße stützt sie auf den weiß gekalkten Mauersims. Sie erinnert sich an Geschichten aus der Schweiz, in denen lungenkranke Patienten in Decken gehüllt in Sanatorien hoch in den Bergen ihre Krankheit in der Sonne liegend kurierten.

Was hat denn Anna auszukurieren an diesem Ort? Die Folgen des Todes ihres Mannes? Hat sie Schuldgefühle, weil sie zunehmend ungeduldig war? Weil sie sich an seinem Tod mitschuldig fühlt, weil sie vor dem Zelt nicht gewartet hatte? Dieses ewige „Warum". Was ist Schicksal, was Vorherbestimmung?

Es gibt immer nur eine Entscheidung und was wir daraus lernen können und müssen.

Als sie so vor sich hin brütet, sieht sie Juan von der anderen Seite der Bucht mit einem Eimer in der Hand über die Steine in ihre Richtung balancieren. Er trägt wie gestern die braune Hose und das braune kurzärmelige T-Shirt. Eine Kappe bedeckt seine blonden Haare, die an manchen Stellen auch schon grau zu werden beginnen. Die Sonne hat sich in der Zwischenzeit mit wohltuender Wärme hinter den Wolkenfetzen hervorgearbeitet. Gleichzeitig kommt ein kleines rotes Auto die Straße herunter, überquert den Bach und verschwindet hinter den vorgebauten Häuserkuben. Auf einmal kommt ein kleines Mädchen von der Brücke herangerannt und setzt sich an den Felsen seitlich vom Strand in eine Vertiefung. Nun war auch Juan bei Anna angelangt.

„Buenos días! Da, essen Sie, Sie brauchen Kraft!" Mit diesen Worten reicht er ihr wieder einen „Bocadillo", der in Alufolie eingewickelt ist.

„Das Leben ist ‚energía', ‚simplicidad' und ‚amor'. Das ist meine Philosophie. Wenn wenige Leute ins Restaurant kommen, kann ich mich ausruhen. Wenn viele kommen, muss ich den ganzen Tag arbeiten. Wenn mir fünf Euro am Tag bleiben, ist das genug!"

Er hebt seine Hand zum Gruß und geht mit seinem Abfallkübel zu den Mülltonnen, wo die Raben und Möwen schon warten. Ein Falke sitzt ebenfalls auf dem Lichtmast daneben und beäugt gespannt die Vorgänge unter sich.

Anna packt den „Bocadillo" aus und beißt herzhaft in die Schinken-Käse-Lagen.

„Mmh, das ist etwas anderes als die trockenen Kekse", überlegt sie.

„Ich sollte ja endlich mein Bett beziehen, aber ich habe hier doch alle Zeit der Welt", kommt sie zur Erkenntnis.

„Waschen müsste ich mich auch!" Sie streicht sich gedankenverloren die Haare glatt. Sie würde sich das Wasser zum Waschen einfach wärmen. Hier sieht mich jetzt ja keiner. Anna steht auf, räumt das Geschirr in die Spüle, wäscht es gleich ab, damit sich keine Fliegen oder Ameisen daran gütlich tun können. Dann beschließt sie, zum Strand hinunter zu gehen.

Als sie die wenigen Schritte zu den Felsen geht, hinter denen die Brandung wütend die Wellen aufbäumt, sodass die Gischt herüberspritzt, sitzt das kleine Mädchen immer noch in der Felsnische und spielt mit den runden Steinen. In der Nähe klettert ein Tourist mit vermutlich seiner kleinen Tochter auf den Felsen herum, um die Brandungswellen zu fotografieren. Sie beachten nicht, dass immer wieder eine Welle über die Felsen schlägt. Vor Schreck schreit das Kind auf und rutscht am Felsen ab, worauf sie sich das Schienbein blutig schlägt. Zitternd steht sie da und wagt sich nicht herunter, aus Angst, noch einmal auszurutschen und zu stürzen. Anna springt herzu und reicht ihm die Hand. Mit ihrer Hilfe und der Unterstützung des Vaters erreicht es endlich sicheren Boden.

Anna entdeckt zwischen den runden Steinen die Splitter von roten Korallen und hebt sie auf. Das kleine Mädchen in der Felsnische hat die ganze Zeit dem Geschehen mit großen Augen zugesehen. „Ihr Haar würde einmal eine Bürste vertragen", denkt sich Anna. Sie scheint noch in ihrer Pyjamahose zu stecken, die auch nicht gerade frisch gewaschen aussieht.

„Möchtest du die Korallen haben?", fragt Anna auf Spanisch. Die Kleine nickt, nimmt die roten Bruchstücke, klettert aus ihrer Nische heraus und läuft über die Steine zur „Casa Pon" hinüber. Wahrscheinlich ist sie das Kind vom Kellner oder vom Besitzer. Es scheint hier zu wohnen oder sich zumindest auszukennen.

Anna breitet nun ihrerseits ihr buntes Tuch auf den Steinen aus und lehnt sich so gegen den Felsen, dass sie ihr Häuschen im Blick hat. Die Tür steht weit offen, damit die Wärme das Haus durchdringt. Für kurze Zeit schließt sie ihre Augen und lässt den warmen Sonnenschein ihr Gesicht liebkosen. Immer wieder versteckt sich die Sonne hinter einem Wolkenschleier. Was ist das für ein Wetter? Soll das der viel gepriesene ewige Frühling sein?

Hinter dem Meer steht schon wieder eine Regenwand. Nun, wie soll es denn hier grün werden, wenn es nie regnet? Dann wäre es ja die Wüste. Früher wurde auf der Insel Getreide angebaut, das in den zahlreichen Windmühlen gemahlen wurde. Dattelpalmen wuchsen in vielen Flussbetten. Eine lang anhaltende Dürreperiode ließ die Landwirtschaft veröden – und dann kam der Tourismus.

Als sich Anna aus ihren Überlegungen löst und die Augen öffnet, sieht sie gerade noch, wie ein Schatten aus der Tür ihres Häuschens läuft. Wie es sich herausstellt, ist es das kleine Mädchen mit den roten Korallen. Schuldbewusst bleibt sie stehen, als Anna ihr zuruft:

„He, du, hola! Was machst du in meinem Haus? Komm bitte her zu mir!"

Annas Stimme klingt nicht unfreundlich. Aber das Mädchen hat sich ertappt gefühlt und kommt nur zögernd näher. Anna nimmt sie bei der Hand.

„Was wolltest du in meinem Haus? Wie heißt du eigentlich? Ich heiße Anna!", sagt sie auf Spanisch.

„Ich heiße Emma, aber die Leute sagen Immi zu mir."

„Ein schöner Name. Wohnst du hier?"

„Nein, nicht wirklich, in Tefia bei meinem Großvater. Er hat da ein Finca. Und da wohne ich auch."

„Hast du keine Eltern?"

„Nein, meine Mutter ist schon lange tot, und mein Vater ist heuer gestorben."

„Woher kennst du das Haus hier? Warst du da früher auch schon einmal drinnen?"

Anna wird plötzlich sehr aufmerksam. Eine dunkle Ahnung bemächtigt sich ihrer.

„Hier kamen wir immer her, wenn mein Vater da war. Meiner Mutter war es für das ganze Jahr zu einsam. Ich kann mich da nicht so gut erinnern, da war ich noch zu klein. Das hat mir mein Vater erzählt. Das Haus hat meinem Vater gehört. Der war oft in ‚Alemania'."

„Und wann ist denn deine Mutter gestorben? Erinnerst du dich?"
„Da bin ich noch in den Kindergarten gegangen. Es ist schon so lange her."
Tränen füllen langsam die dunklen Augen des Kindes. Die schwarzen Haare flattern im Wind.
„Und wo ist dein Großvater?"
Das Mädchen deutet zu einem der kleinen Häuser, die direkt auf den Felsen am Strand stehen. Die Grundmauern fallen bei einigen senkrecht zu den Ufersteinen ab. Ein solitärer Felsblock ragt am Ufer aus dem schwarzen Sand, den die Wellen immer wieder freigeben.
„Und was macht dein Großvater?" – setzt Anna ihr Frage-und-Antwort-Spiel fort.
„Er hat die Finca. Die gibt viel Arbeit. Und dann macht er so Figuren aus Stein. Er ist ein Künstler, sagt meine Lehrerin."
Anna erinnert sich nun, dass sie bei der Herfahrt im Taxi in Tefia am Haus gegenüber des aufgelassenen Restaurants ein Schild mit der Aufschrift „Artista" gelesen hatte. Beim Haus daneben, das ein ehemaliges Geschäft gewesen sein dürfte, ein Schild mit der Aufschrift: „Se alquila" – zu vermieten.

Für Anna ist es plötzlich, als ob in die dunklen Geheimnisse ein Lichtstrahl falle. Julius hatte nur erzählt, dass er im Winter gerne nach Fuerteventura fliege, um der Kälte und der trüben Stimmung in Deutschland zu entfliehen. Ihr Bruder hatte sich auch nie geäußert. Sie, Anna selbst, hat zu engen Kontakt mit Julius vermieden, um ihren Mann nicht eifersüchtig und misstrauisch zu machen. Sie hat ja gespürt, dass sie Julius nicht gleichgültig war. Ihr Mann hat sie sogar früher damit geneckt, dass sie in Julius verliebt sei. In seinen Augen aber hatte sie Eifersucht gesehen. Ihre Geschichte mit Alfred stand immer noch zwischen ihnen.
Das kleine Mädchen steht wartend vor Anna. In welche Klasse mochte sie wohl gehen?
„Was wolltest du in meinem Haus?" Anna sieht sie prüfend an. „Ist das jetzt dein Haus? Darf ich da nicht mehr hinein?" Die braunen Augen füllen sich schon wieder mit Tränen.

„Hast du da gewohnt, bevor ich gekommen bin?" Anna ist ratlos.

„Das hast du mich schon gefragt. Das Haus hat uns gehört, bevor Papa gestorben ist. Hier haben wir jedes Wochenende verbracht!"

Immi fängt an, herzerweichend zu schluchzen.

„Nun kann ich nie mehr her, weil Mama und Papa tot sind!"

„Aber wer hat denn so etwas gesagt. Du bist doch meine kleine Freundin, der ich die Korallen geschenkt habe. Oder etwa nicht?"

Immi hört auf zu weinen und sieht Anna mit großen Augen an.

„Wenn du meine Freundin bist, hast du vielleicht meinen Papa gekannt – in ‚Alemania'?"

Jetzt war es heraußen. Anna musste nur noch fragen, wie der Papa geheißen hat.

„Alle haben ihn ‚Julio' genannt!", sagt Immi mit leiser Stimme.

Nun ist für Anna alles klar. Ein streng gehütetes Geheimnis ist durch eine unschuldige Kinderstimme offengelegt worden. Immi ist die Tochter von Julius! Und wer war nun die Mutter, die so früh gestorben ist?

„Wie hat denn deine Mama geheißen?", fragt nun Anna und kniet sich zu dem Mädchen hinunter.

„Die Leute haben ‚Fabi' zu ihr gesagt", antwortet Immi. „Und mein Opa ‚Fabiola'."

„Ich bin eine gute Freundin von deinem Papa. Du darfst jeden Tag zu mir ins Haus kommen. Da sind ja auch noch Spielsachen von dir."

„Das musst du meinem Großvater sagen. Er ist so streng."

„Hat dein Opa deinen Papa nicht lieb gehabt?"

„Das weiß ich nicht. Er wollte nicht, dass meine Mama mit ihm geht. Mein Papa hätte jemand anderer werden sollen. Den mag ich aber nicht. Tante Clara hat mir das einmal gesagt, nachdem Papa tot war."

Für Anna war nun alles klar. Sonnenklar! Vom Alter her musste Julius wie der Vater von Fabiola gewesen sein. Das war dem Vater von Fabiola wahrscheinlich nicht recht. Die Liebe geht eigene

Wege. Julius war ein großer Mann gewesen, eine imposante Erscheinung. Er war etwas jünger als ihr Bruder, sogar jünger als sie selbst. Wurde er mit etwa 60 Jahren zum ersten Mal Vater? Für ein Mädchen vielleicht eine tolle Sache. Und arm war Julius auch nicht.
„Warum ist denn deine Mutter so früh gestorben?", fragt Anna mitfühlend.
„Die Tante Clara sagt, sie hätte Krebs gehabt. Sagt man doch so, oder?"
Krebs in so jungen Jahren? Wie alt dürfte die Mutter gewesen sein? Um die dreißig Jahre vielleicht?
„Ja, das geht in jungen Jahren sehr schnell." Aber die Liebe hat sie durch ein Kind weitergeben können. Und laut sagt sie zu dem Mädchen: „Ein Kind wie du!"
Immi schaut sie unsicher an und fragt dann:
„Willst du mit mir in den Barranco gehen? Warst du schon drinnen?"
„Nein, dazu hatte ich noch keine Zeit." – „Dann komm mit, ich zeig' ihn dir." Immi nimmt Anna bei der Hand.
„Weißt du", sagt Anna, „vielleicht erst nach dem Essen. Ich habe schon lange kein richtiges Mittagessen mehr gehabt. Und du solltest doch auch deinen Opa fragen. Ist der hier?"
„Dann gehen wir zu Juan. Der hat heute sicher Fisch. Papa hat dort auch immer gegessen."
„Und wo ist dein Opa?"
„Der kommt auch dorthin." Immis Augen leuchten wieder und schauen fröhlich aufs Meer hinaus, das heute mit zahmen Wellen ans Ufer schlägt. Es ist Ebbe. „Juan-Antonio!", schreit Immi plötzlich und reißt sich von Annas Hand los. Anna blickt zu ihrem Haus hinüber und sieht einen jungen Burschen, der mit Kapuzenpullover und Kopfhörern auf dem Kopf über die Steine zu ihrem Haus hinsteuert.
„Juan-Antonio! Hier sind wir!"
Immi scheint den Burschen gut zu kennen.
„Das ist der Sohn von Juan. Er lebt in einem anderen Ort und kommt am Wochenende immer hierher."

„Hat er keine Mutter?" – Anna macht große Augen.
„Weiß nicht, die kenne ich nicht."
Juan-Antonio kommt nun vom Haus herüber. Fragend schaut er von Immi zu Anna und sagt dann in fließendem Deutsch:
„Papa sagt, er hätte für dich einen Fisch gemacht, wenn du willst. Du sollst zur ‚Terrazza' kommen."

„Das muss ich erst einmal alles verdauen, was ich da gehört habe", denkt Anna, als sie mit Immi und Juan-Antonio über die schwarzen Steine balanciert. Inzwischen hat die Sonne den Sieg über die Wolken davongetragen und strahlt warm vom blauen Himmel. Die Bar von „Casa Pon" ist gut besucht. Die Leute können vom Strand aus die Brandung fotografieren. Im Wasser kämpfen sogar ein paar Surfer mit den Wellen. Auf der „Terrazza" sitzen einige Touristen in der Sonne. Juan steht hinter der ovalen Theke und hat die Fische vor sich ausgebreitet. Noch kann man auswählen. Hinter ihm auf dem Gasherd neben dem Pizzaofen kocht der Inhalt eines großen Topfes vor sich hin. Wahrscheinlich Kartoffeln! Mehl bedeckt die Marmorplatte, auf der die Fische liegen.

Juan geht bloßfüßig über die Steintreppe zum Meer hinunter, um die Fische abzuschuppen und auszunehmen. Er trägt dieselbe Hose und dasselbe Shirt wie gestern. Die Kappe sitzt schief auf seinem Kopf. Auf den Felsen sitzt ein Möwenpaar und wartet auf die Abfälle. Juan-Antonio serviert den Gästen Getränke.

„Es gibt heute nur Fisch", meint Juan. „Das ist etwas Besonderes und damit basta!" Er pfeift und singt vor sich hin und strahlt immer wieder bei dem Wort „Amor".

Anna setzt sich zu einem Tisch ganz vorn im Eck beim Seilgeländer. Hier hat man den besten Ausblick und ist zudem noch windgeschützt.

„Was willst du trinken?", fragt sie das Mädchen.
„Hier gibt es nur ‚Sprite' oder Bier, Wein oder Wasser. Ich trinke ‚Sprite'."

Anna bestellt das „Sprite" und für sich ein Glas dunklen Wein und eine Flasche Wasser.

„Welchen Fisch möchten Sie?", fragt Juan.

„Mein Gott, da kenne ich mich nicht aus. Die sind ja riesig. Früher habe ich mir mit meinem Mann eine Mahlzeit geteilt. Immi, hilfst du mir beim Essen?" Anna schaut hilfesuchend zu Immi.

„Das werden Sie doch in Ihren Magen bringen", ertönt da eine tiefe Bassstimme hinter Anna. Ein Schatten fällt auf ihren Teller. Sie dreht sich um und blickt direkt in die dunklen Augen eines mittelgroßen, kräftigen Mannes, dessen graue Locken hinten zu einem Knoten gebunden sind.

„Abuelo!", ruft Immi mit Begeisterung. „Das ist die Freundin von Papa aus ‚Alemania'. Sie wohnt jetzt in unserem Haus."

Bei dem Ausdruck „in unserem Haus" zuckt Anna unwillkürlich zusammen. Da ist bei Julius etwas schiefgelaufen. Wie konnte sie ein Haus erben, das gar nicht das ihre sein kann, das sie anderen Leuten wegnahm? Wenn sie es verkauft, müsste sie einen Teil des Geldes dem kleinen Mädchen geben, das eigentlich als Erbin in Frage kam.

Der „Abuelo" stellt sich Anna als Alejandro vor. Er mustert sie mit scharfem Blick unter seinen buschigen Augenbrauen.

„Wie gefällt es Ihnen hier, in dieser etwas wilden Gegend? Ich habe gehört, dass Sie schon den Makler kontaktiert haben, um das Haus zu verkaufen. Das sind Haie. Lassen Sie sich mit denen auf kein Geschäft ein! Verkauft wird hier unter Freunden, nicht an fremde Menschen, zumindest hier nicht!"

Anna fühlt sich durch seine eher barschen Worte eingeschüchtert. Immi hält die Hand ihres Großvaters und hängt treuherzig an seinen Worten.

„Anna ist nett, Abuelo, sie hat mir zwei Korallen geschenkt. Und nachher gehen wir zusammen in den Barranco! Darf ich?"

Der Mann nickt unmerklich.

„Gefällt es Ihnen hier – oder haben Sie das Haus schon verkauft? Diese Gegend hier ist gewöhnungsbedürftig, nichts für verwöhnte Stadtleute mit Ansprüchen." Er wendet ihr den Kopf zu in Erwartung einer Antwort.

„Nun", erwidert Anna, „ich bin ja erst zwei Tage hier. Da kann ich mir noch kein Urteil bilden. Ich denke schon an einen Verkauf. Kennen Sie Leute, die sich interessieren würden? Wenn der Verkauf Ihrer Meinung nach ohne Makler abgewickelt werden soll?"

„Ich hätte es schon gekauft", sagt nun Alejandro langsam, „aber mit welchem Geld? Ich dachte immer, es würde eines Tages Immi gehören. Sie wissen ja, dass Julio Immis Vater ist?"

„Ja, Immi hat es mir erzählt. Vorher haben wir nichts davon gewusst, mein Bruder und ich. Warum hat sie es nicht geerbt?"

„Sie hat Geld für ihre Ausbildung bekommen. Das verwalte ich."

Inzwischen ist Juan mit zwei Platten mit braun gebratenem Fisch, Kartoffeln und Tomaten mit Knoblauchsoße und frischen Baguettes gekommen. Immi bekommt eine Extragabel. Anna und Alejandro prosten einander zu.

„Salud!"

Das Gesicht des Mannes entspannt sich etwas. Ein Lächeln umspielt seinen sonst harten Mund. Der Fisch übertrifft alles, was Anna bisher gegessen hatte. Jetzt erst merkt sie, wie hungrig sie ist. Immi stochert in ihren Kartoffeln herum, die sie reichlich mit Soße begießt.

„Schmeckt dir der Fisch nicht?", fragt Anna.

„Fisch ist nicht meine Lieblingsspeise, aber Kartoffeln mit Soße schon", strahlt das Mädchen.

Die ungezwungene Anwesenheit von Immi hat eine befreiende Wirkung auf die zwei Erwachsenen. Der Wein lockert ebenfalls die Stimmung.

„Wenn ich Ihnen einen Rat geben darf", meint Alejandro, „überstürzen Sie bitte nichts mit dem Verkauf des Häuschens. Genießen Sie einmal die Umgebung. Ich hätte Zeit, Ihnen einen wunderschönen Strand zu zeigen. Vielleicht interessiert Sie meine Werkstatt und meine Finca, wo es allerhand zu kosten gibt. Tomaten, Orangen, ich ernte sogar Avocados.

Morgen vielleicht? Da ist Montag. Vielleicht wollen Sie auch einkaufen gehen. Ich bringe Sie zu einem Supermarkt. Und unterhalten können wir uns auch – ist vielleicht notwendig."
Anna steht auf.
„Ja, das mache ich gerne. Aber jetzt gehen wir zuerst in den Barranco. Versprochen ist versprochen."

Anna geht zurück zum Haus, um sich ihre Turnschuhe und ihren Pullover anzuziehen. Der Wind hat wieder an Stärke und Kälte zugenommen. Rechts und links des Baches, der sich zwischen den schwarzen glatten Felsen ein Bett gegraben hat, wachsen dickblättrige grüne Büsche, deren Fortsätze sich rot und gelb gefärbt haben. Es sind Gewächse, die Salz- und Süßwasser zum Wachstum benötigen. Je feuchter der Boden, desto mehr variieren die Farben von Grün zu Gelb, zu Orange und Rot. In den Wasserlöchern baden Vögel, die beim Herannahen mit einem scharfen Schrei wie ein Blitz in die Höhe schießen. Möwen kreischen. Zwei Wildenten mit besonders gemustertem Gefieder fliegen über den Barranco. Sie verständigen sich mit eigenartigen Lauten, als ob sie miteinander sprechen würden.

„Da möchte ich jetzt bleiben", sagt Immi plötzlich. Vor ihnen fließt der Bach über Steine, bildet kleine Wasserfälle. Schlingpflanzen bewegen sich an den tieferen Stellen mit gleichmäßigem Hin und Her.

Anna setzt sich auf einen schwarzen glatten Stein und sieht Immi zu, wie sie leichtfüßig von einem Stein zum anderen springt. Erst jetzt bemerkt Anna, dass sie keine Schuhe anhat. Die Pyjamahose war dieselbe wie gestern, und das Haar war gleich zerzaust.

„Ihr fehlt eine weibliche Hand", denkt sich Anna. Wo ist da die Großmutter? Gibt es eine solche überhaupt?

Plötzlich ein Aufschrei und gleich danach ein Aufklatschen im Wasser. Immi liegt der Länge nach im etwa knietiefen Wasser, zappelt und lacht:

„Jetzt wird der Opa aber schimpfen! Morgen ist Schule! Nein, Jetzt haben wir ja noch Ferien!"

„Aber du gehst doch mit dieser Hose nicht in die Schule!", ruft Anna entrüstet, als sie ihr aus dem Wasser hilft.

„Nein, aber meine Schulhose hat ein Loch!", lacht Immi.

„Komm, wir gehen zurück. Wenn du deine Schulhose hier hast, kann ich sie dir flicken. Vielleicht finde ich in meinem Häuschen Nadel und Faden. Oder Juan hat auch so etwas."

Die beiden nehmen einander an der Hand und kehren zum Meer zurück. Immi in ihrer nassen Hose, die von den Algen grüne Flecken hat. Da das Mädchen nie eine Großmutter erwähnt hat, will Anna das Thema auch nicht anschneiden. Wer weiß, wie viele Geheimnisse es noch zu entdecken gibt. Immi geht zielstrebig zum Häuschen ihres Großvaters.

„Bringe mir die Hose hierher!", ruft ihr Anna nach. Inzwischen ist es später Nachmittag geworden. Die frische Meeresluft hat Anna müde und hungrig gemacht, wie sie zu ihrem Erstaunen feststellen muss. Von dem „Bocadillo" von heute Morgen, den ihr Juan wieder gebracht hatte, ist noch die Hälfte übrig. Anna setzt sich damit und mit einem Glas Wein zum blauen Tisch auf der kleinen Terrasse. Das letzte Sonnenlicht bescheint golden die Häuser ihr gegenüber. Auf der „Terrazza" genießen die letzten Touristen die Abendstimmung. Bald würde die Sonne untergehen und dann wieder die Dunkelheit kommen. Immi bleibt wie vom Erdboden verschluckt.

Anna hat ganz vergessen, in der Bar Brot zu kaufen. Das hat ja auch Zeit bis morgen. Da würde sie ja mit Immis Großvater einkaufen fahren. Im Schrank unter dem Fenster ist noch eine Packung Kekse. Und vielleicht kreuzt Juan morgen früh wieder mit einem „Bocadillo" auf. Hier ist einfach alles anders. Vorsichtshalber zündet Anna die Kerzen an. Sie zaubern ein heimeliges, flackerndes Licht an die Wände. Von der Bar herüber klingt tiefes Männerlachen.

4. TAG

Anna wird von einem unglaublichen Dröhnen von draußen geweckt. Sie muss eingeschlafen sein, als sie sich in die Decken gehüllt aufs Bett gelegt hat. Das letzte Teelicht ist flackernd am Verlöschen. Dunkelheit hüllt sie ein. Durch das Fenster dringt nur ein schwacher Schein der Straßenbeleuchtung.

„Morgen muss ich endlich das Bett beziehen, ich bin ja schon wie Immi in ihrer Pyjamahose und Juan in seinem braunen Outfit!", murmelt Anna zu sich selbst und schüttelt den Kopf. Hat diese Gleichgültigkeit bei ihr schon abgefärbt? Diese Gleichgültigkeit äußeren Dingen gegenüber? Sie hat einfach keine Zeit dafür gehabt.

Nach einigem Herumtasten findet sie die Taschenlampe auf dem Stuhl neben dem Bett. Das Dröhnen und Rollen draußen nimmt zu und ab. Die Wellen! Die Flut! Anna nimmt die Taschenlampe, schließt mutig die Eingangstüre auf und sieht im Schein der Lampe, wie gerade ein hoher Brecher über den Steinwall das Wasser in den See im Barranco hineinschwemmt. Mit lautem Grollen zieht sich die Welle wieder zurück, um von einer neuen überrollt zu werden. Das Zurückrollen der Steine verursacht das gefährliche Grollen. Die weiße Gischt spritzt bis zur Terrasse. Der Vollmond wirft einen silbernen Schimmer über das Wasser des Barranco.

Rasch schließt sie die Türe und versperrt sie wieder. Aufrecht sitzt sie im Bett und horcht gespannt auf das Tosen des Wassers. Langsam entspannt sich die Wucht des Meeres. Das Einsetzen der Ebbe bringt auch für Anna den ersehnten Schlaf.

Frühmorgens lässt sich Anna den dünnen kalten Strahl der Dusche über den Rücken rieseln. Mit einem Handtuch, das sie im Kasten gefunden hat, reibt sie sich die Wärme auf die Haut. Als sie sich in den Spiegel schaut, blickt sie in das Gesicht einer Fremden. Sie kämmt ihre Haare, sucht aus dem Koffer frische Wäsche, zieht das neue türkisfarbene Shirt und die helle Hose dazu an. Ein Blick vor der Tür in den Himmel verheißt, dass es zumindest jetzt einen ungetrübten Morgen geben wird. Die Sonne übersteigt die Hügelkette hinter ihrem Haus.

„Gott, der Makler!", ruft Anna laut, als sie den weißen Mercedes am Parkplatz halten sieht. Und sie hat ja noch nicht einmal Kaffee getrunken. Den kann sie jetzt dem Makler anbieten.

Der Makler kommt allerdings nicht allein. Ein älteres Ehepaar steigt mit aus. Anna hatte gar keine Zeit, über den Verkauf weiter nachzudenken. Es war einfach zu überstürzt. Natürlich würde sie verkaufen. Keine Probleme mit Wellen, Generatoren, die versagen, fehlendes Licht in der Nacht, kaltes Wasser. Mit einem breiten Lächeln auf den Lippen betritt der Mann mit dem Ehepaar die Terrasse und reicht Anna die Hand. Mit der anderen deutet er auf das Ehepaar.

„Darf ich vorstellen: das Ehepaar Fiedler – Frau Wieser."

Unverhohlen und mit zusammengekniffenen Augen mustert Frau Fiedler Anna. Sie trägt goldene Ohrringe, einen tiefen Ausschnitt ihrer geblümten Bluse über ihrem wogenden Busen. Herr Fiedler trägt mit einem freundlichen Lächeln seinen runden Bauch vor sich her.

„Nun", beginnt Frau Fiedler das Gespräch und wendet sich nach einem kritischen Rundumblick an den Makler.

„Ganz entspricht dieses Objekt nicht Ihren Schilderungen und auch nicht unseren Vorstellungen. Auch wenn Sie sagen, dass es ein Schnäppchen ist."

„Das tut mir leid, ich dachte, Sie suchen so etwas Ausgefallenes, Rustikales. Sie haben es sich von innen noch gar nicht angesehen. Natürlich bedarf es einiger Veränderungen und Verbesserungen. Aber bedenken Sie die außergewöhnliche Lage."

Der Makler wendet sich achselzuckend und mit Bedauern an Anna:

„Tut mir leid, Frau Wieser, ich habe noch andere Kundschaften in Option."

„Machen Sie sich keine Mühe", antwortet Anna kühl und staunt selbst über das, was sie nun sagt:

„Wir können uns zu einem späteren Zeitpunkt noch einmal über einen Verkauf unterhalten. Mir geht jetzt alles zu schnell. Ich kann in dieser Woche noch keine endgültige Entscheidung treffen. Dazu ist das Objekt zu komplex!"

Sie reicht dem Makler und dem Ehepaar Fiedler noch die Hand und begleitet sie zum Auto. Als das Trio ins Auto steigt und davonbraust, hält sich Anna noch die Hand über die Augen, weil die Sonne so blendet.

„Ach ja, heute wollte doch der Großvater von Immi – wie hieß er doch schnell …?"

„Alejandro!", ergänzt eine tiefe Stimme, noch bevor Anna ihre Frage selbst beantworten kann.

„Und einkaufen wollten wir fahren, falls ich das auch noch in Erinnerung bringen muss!" Alejandro steht vor der Terrasse und lächelt Anna an.

„Oh Gott! Wo habe ich an diesem Ort nur meinen Kopf? Hier geht mir meine ganze Konzentration verloren. Nun bin ich schon drei Tage hier und habe noch nicht einmal mein Bett bezogen!"

„Und, haben Sie deshalb schlechter geschlafen, weil Sie keine seidene Bettwäsche hatten?"

„Nein, aber was ist mit unserem Einkauf? Nehmen Sie mich mit in ein Geschäft, damit ich nicht nur auf die Gastfreundschaft von Juan angewiesen bin? Ich sehne mich nach einem richtigen Frühstück! Warten Sie, in zehn Minuten bin ich besser angezogen!"

„Aber ohne Stöckelschuhe! Ich habe Sie nämlich am ersten Tag damit gesehen. Die Insel hat überall Augen. Wir gehen nämlich in eine einheimische ‚Tienda'."

Der kleine rote Fiat keucht die lang gezogene Kurve hinauf in die Ebene. Immi hat es sich auf dem Rücksitz bequem gemacht. Diese Woche sind Ferien. Die steinigen Berge in der Ferne sind von der Sonne beschienen. Der Regen der letzten Zeit hat einen grünen Hauch von sprießendem Gras über die Hänge gebreitet. In der Ferne steht eine Windmühle.

„Gleich dort vorne gibt es ein Freilichtmuseum," erklärt Alejandro und deutet zu einer Ansammlung kleiner Häuser aus Stein. „Ein Ökomuseum. Alte Häuser, Handwerksvorführungen. Dienstags und freitags gibt es frisches Holzofenbrot. Sie müssen es nur rechtzeitig reservieren. Dort links liegt Tefia, dort habe ich meine Werkstatt. Ein Freund von mir hat ein Geschäft in der Hauptstadt, wo ich meine Sachen verkaufe. Früher hat es hier ein gutes Restaurant gegeben und einen kleinen Laden. Dann hat die junge Frau ein Baby bekommen, konnte den Laden nicht mehr halten. Die Eltern gingen in Pension und niemand wollte das Restaurant pachten. Ein Jammer, so stirbt ein Ort. Früher war hier etwas los, auch die Touristen haben eine Pause eingelegt.

Wir fahren nun nach Tindaya, zum Heiligen Berg. Eigentlich sollte niemand ohne Erlaubnis hinaufsteigen. Er ist den Göttern der Guanchen geweiht. Hier gibt es einen Supermarkt, wir fahren aber zu der ‚Tienda', wo es den besten Schinken der Region gibt. Dort ist es noch urig. Und wir müssen den einfachen Leuten ihr Überleben sichern. Zumindest versuche ich es."

Immi mault ein wenig, weil es in diesem kleinen Geschäft nicht so eine große Auswahl an Eis zu kaufen gibt. Anna deckt sich mit den notwendigsten Lebensmitteln ein. Frisches Brot, Butter, Marmelade, Schokolade, Tomaten, Salat und natürlich den viel gepriesenen Schinken.

„Hier trinkt man nicht nur Wasser", meint Alejandro. „Sie dürfen den Wein nicht vergessen und natürlich auch nicht den Ziegenkäse – frisch von der Ziege!"

Immi lacht:„Das gibt es ja nicht. Zuerst muss die Ziege gemolken werden!"

„Den Wein übernehme ich, keine Widerrede! Sie kennen sich da ja nicht aus", erklärt Alejandro.

Mit Tüten vollgepackt kehren sie zum Auto zurück. Immi schleckt zufrieden ihr Schokoladeeis.

„Eigentlich sollten wir von hier ans Meer fahren. Es ist nicht weit. Dorthin führt eine holprige Sandpiste. Aber in der Wärme verderben unsere Köstlichkeiten. Wir werden einmal von Los Molinos aus eine Küstenwanderung zu dieser Bucht mit den Sanddünen machen. Vorausgesetzt Sie fliegen nicht so schnell wieder nach Deutschland."

Ein ernster Seitenblick streift Anna.

„Ich habe den Makler vorerst weggeschickt und auf später vertröstet. Er hatte auch nicht die passende Kundschaft dabei."

Nachdem sie ihren Einkauf im Auto verstaut haben, fordert Alejandro Anna auf, sich in Tefia sein Atelier anzusehen.

„Das würde ich gerne machen. Ich habe früher mit Keramik gearbeitet und auch gemalt. Seit dem Tod meines Mannes habe ich mir nicht mehr richtig Zeit dafür genommen."

Inzwischen sind sie vor einem großen Grundstück angekommen, das von einer alten Steinmauer umgeben ist. Immi springt behände aus dem Auto und hantiert an einem großen Tor, das sich quietschend öffnet. Alejandro fährt hinein und Immi macht das Tor hinter ihnen wieder zu.

„Ich habe gerne meine Ruhe beim Arbeiten. Außerdem bebaue ich das Feld meiner Finca. Der Boden ist fruchtbar, wenn es regnet oder man künstlich bewässert. Ich probiere auch moderne Methoden der Bewirtschaftung aus, wie zum Beispiel Kompostierung. Das ist in diesem trockenen Klima besonders wichtig. Meine Erträge sprechen für den Erfolg. Immer wieder habe ich Besuch von anderen Gärtnern. In der Nähe vom Montaña Quemada vor Tindaya, wo wir vorher vorbei gefahren sind, leben zwei Deutsche in ihrer Finca. Mit ihnen arbeite ich viel zusammen. Diese sympathischen Leute sollten Sie auch kennenlernen. Ich sehe schon, Ihr Programm wird sehr dicht, wenn Sie in ein paar Tagen schon wieder weg wollen. Diese Insel ist nichts für eilige Menschen. Aber kommen Sie, ich will Sie nicht unter Druck setzen. Gehen wir zuerst in mein Atelier."

Die drei betreten einen großen, hellen Raum. In die alten Steinmauern war ein großes Fenster mit Blick auf den Garten hineingesetzt worden. Alte Balken stützen das schräge Dach. Anna steht staunend vor fertigen und angefangenen Steinskulpturen. Auf einer Arbeitsfläche vor dem Fenster stehen Modelle aus Gips und Ton. Fotos schmücken die Wände. Arbeitswerkzeug liegt fein säuberlich geordnet neben den Modellen. Alejandro öffnet eine Türe, die in einen angrenzenden Raum führt, in dem es eine kleine Kochnische und einen großen massiven Eichentisch gibt, um den die verschiedensten Stühle herumstehen. Eine steile, gewundene Stiege führt in ein offenes Obergeschoss, wahrscheinlich der Schlafraum von Alejandro und Immi.

„Jetzt mache ich uns aber ein rasches Essen. Tomaten aus dem Garten, ganz frisch mit Kräutern und Olivenöl. Dann habe ich noch Holzofenbrot vom letzten Freitag vom Museum. Das muss ich nur kurz ins Backrohr geben, dann wird es wieder wie frisch gebacken. Ein paar Oliven zum Essen dazu – und natürlich ein Glas Wein. Ach ja, Feigen zum Nachtisch! Ich schaue mal nach, ob ich noch vom eingelegten Ziegenkäse habe. Eine Delikatesse!"

Anna hat inzwischen auf einem Bord Holzbretter und Besteck entdeckt, die sie auf den Holztisch legt. Immi holt Kräuter aus dem Garten, die sie mit viel Geschick kleinzupft und auf dem Teller mit den Tomaten verteilt. Reichlich Öl, ein wenig Knoblauch, dazu Brot und Wein.

„Mein Ziegenkäse ist leider aufgebraucht. In Las Parcelas, kurz vor Los Molinos, gibt es eine Käserei. Der Patron macht mir immer wieder ein kleineres Käselaibchen. Die, die er verkauft, wiegen vier Kilo."

Bald sitzen die drei um den gemütlichen Tisch. Der Wein hebt die Stimmung. Anna sitzt da mit hochroten Wangen, die noch mehr glühen, als Alejandro plötzlich ihre Hand nimmt.

„Anna, Sie müssen Ihren Flug verschieben! Ich fühle mich in Ihrer Nähe so wohl! Ich möchte Ihnen noch so vieles zeigen. Für morgen habe ich eine besondere Überraschung. Packen Sie einen Rucksack oder eine Tasche für zwei Tage – aber bitte ohne

rote Stöckelschuhe. Die dürfen Sie nie mehr mitbringen. Ein Pullover, eine Jeans, feste Wanderschuhe oder diese Turnschuhe ... Wir werden zwei oder drei Tage wegbleiben. Immi hat ja Ferien. Am Wochenende allerdings habe ich einen Termin." Alejandros Gesicht verschließt sich wie vor einem jähen Schatten. Anna blickt ihn erschrocken an, sagt aber nichts. Noch ein Geheimnis, das es zu lüften gilt?
„Super!", schreit Immi und klatscht in die Hände.

Trotz aller Vorfreude ist die Stimmung plötzlich getrübt. Beim Hinausgehen sieht Anna rein zufällig Damenschuhe auf einer Schuhablage.
Irgendwo muss es da eine Frau in Alejandros Leben geben. Warum spricht er nicht darüber? Auch Immi nicht. Da halten sie zusammen wie Pech und Schwefel.
„Möchten Sie noch in die Bar auf einen Kaffee kommen?", fragt Alejandro, als sie wohlbehalten in Los Molinos ankommen.
„Nein", antwortet Anna.
„Es sind so viele Eindrücke auf mich eingestürmt, die muss ich erst verarbeiten. Ich brauche jetzt ein wenig Zeit für mich, um einmal meine Gedanken zu ordnen – und mein Bett zu beziehen."
Anna lacht und Alejandro stimmt in ihr Lachen ein.
„Darf ich bei dir bleiben?", fragt Immi schüchtern. Sie hat die Stimmungsschwankung wohl mitbekommen.
„Ja, klar, aber du musst schweigsam sein wie ein Fisch. Obwohl Fische auch sprechen, nur hören wir das nicht! Versprochen? Du kannst ja malen. Ich glaube, du hast noch Farbstifte und Papier in meinem Haus!"
„Versprochen!" Immi strahlt.
„Wie sehr muss diesem Kind die Mutter fehlen?", sinniert Anna, als sie ins Haus gehen. Oder überhaupt ein weibliches Wesen. Alejandro hat sich ziemlich einsilbig verabschiedet. Da war keine Rede mehr vom zweitägigen Ausflug zu dem geheimnisvollen Ort, von dem sie nichts wissen durfte.

Es ist später Nachmittag geworden. Immi sitzt über ihren Blättern und malt mit den bunten Ölkreiden. Anna hat den kleinen Raum mit dem Kasten erkundet, in dem sich allerhand Kleidungsstücke und Bettzeug befinden. Unter anderem stößt sie wieder auf Kleider, die eindeutig einer Frau gehören durften.

„Sag einmal, Immi, hat dieser Pullover deiner Mutter gehört? Aber sie ist doch schon zwei oder drei Jahre tot. Hebt dein Opa das alles auf?"

„Das hat nicht meiner Mama gehört, sondern der Oma." – Ein betretenes Schweigen folgt.

„Und wo ist deine Oma? Ist sie auch gestorben?"

„Nein, aber der Opa will nicht, dass ich dir das sage. Ich hab' es ihm versprechen müssen."

„Nein, du sollst dein Versprechen auch halten", entgegnet Anna. „Er wird es mir schon selbst sagen, wenn er es möchte."

Immi fängt an zu weinen.

„Es ist aber so schlimm, nicht sprechen zu dürfen. Ich bin doch kein Fisch, der nur Luftblasen rauslässt. Meine Oma hatte letztes Jahr eine Blutung im Gehirn. Sie ist bis heute nach der Operation nicht aufgewacht. Mein Opa geht sie jedes Wochenende besuchen. Sie liegt in einer Klinik. Wir können da nicht helfen. – Jetzt ist mir leichter!"

„Ja, das ist wirklich traurig. Aber gut, dass du mir das erzählt hast. Wir werden dem Opa nichts sagen. Vielleicht fängt er von selbst an, davon zu erzählen. Ich werde versuchen, ihm in paar Hinweise zu geben. Ich werde vom Tod meines Mannes erzählen. Der ist ganz plötzlich beim Tanzen gestorben. Im Urlaub, auf einer Reise in den Norden. Er war schon älter, aber sterben hätte er jetzt auch noch nicht müssen. Weißt du, vielleicht gehst du jetzt besser nach Hause. Dein Opa will sicher in Tefia übernachten. Er sagte mir, dass er noch zu arbeiten hätte."

Mit diesen Worten schiebt Anna das kleine Mädchen zur Tür, gibt ihr einen Kuss und winkt ihr nach, als sie über die schwarzen Steine hüpft.

Anna setzt sich an den großen Tisch, zündet die Kerzen und Teelichter an, stellt Wasser für einen Tee auf und sortiert den Einkauf, der noch immer im Plastiksack auf der Arbeitsfläche steht. Der Schinken duftet, das Brot schaut knusprig aus. Das wird für ihr Abendessen genügen. Dann beschließt sie, noch mehr zu stöbern. Vielleicht findet sie Fotos, Briefe, Aufzeichnungen. Julius hat doch nach dem Tod seiner Frau und Alejandro nach dem Tod von Julius hier gewohnt, oder zumindest nach dem Rechten gesehen. Julius hatte ja auch eine Wohnung in der Stadt. Aber die war nur gemietet.

Und tatsächlich! Anna findet in einer Lade ein paar Fotos. Julius mit einer sehr jungen, hübschen Frau. Schwarze Haare, wie Immi. Julius mit seiner Frau – wie sie wohl geheißen haben mochte? Das hat sie ganz vergessen zu fragen. Ach ja, „Fabi" hat Immi gesagt – und Immi als Baby. Aber da stehen ja Namen auf der Rückseite! „Fabiola" steht hinten auf dem Foto, „Fabiola und Julio"! Dann ein Foto von Alejandro und einer Frau, aber auch eher jung. „Lucia und Alejandro" steht da geschrieben. Das muss die Oma in jungen Jahren gewesen sein. Und diese Fabiola war so viel jünger als Julius. Sie hätte ja einen anderen, einen jungen Einheimischen heiraten sollen.

5. TAG

Anna erwacht aus einem dumpfen Traum. Sie ist sichtlich erschrocken und versucht, das Geträumte zu verdrängen. Sie hatte gerade mit einem ihr völlig fremden Mann geschlafen – oder war im Begriffe gewesen, mit ihm zu schlafen. Nein, sie hatte den Mann sogar gekannt. Aber im realen Leben wäre er nie dafür in Frage gekommen. Sie hatte weder Lust noch Liebe dabei empfunden. Es war mehr Routine, oder man hatte es von ihr erwartet. Anna schämt sich ihrer Bedürfnisse. Ihr Mann ist doch schon drei Jahre tot. Immer wieder wird sie von diesem Elementarereignis eingeholt.

Sie steht auf und stellt sich unter die bescheidene Dusche, um die geträumte Erinnerung fortzuschwemmen. Da klopft es heftig an der Tür.

„Hola, Anna, qué tal? Abre!"

Anna erkennt sofort die dunkle Stimme von Alejandro.

„Un momento, ich bin gerade noch im Handtuch."

„Umso interessanter. Macht nichts!" Alejandro lacht dröhnend. „Und das SIE lassen wir auch weg!"

Anna wickelt sich in ihr großes weißes Badetuch und sperrt die Eingangstür auf. Alejandro steht draußen mit einer großen Papiertüte.

„Mein Gott, ist es schon so spät?"

„Nein, ich bin nur ausnahmsweise früh dran. Ich habe eine Überraschung für dich. Übrigens siehst du bezaubernd aus. Komm näher!"

Zögernd tritt Anna auf ihn zu. Ohne ein Wort zu sagen nimmt Alejandro sie in die Arme und küsst sie auf den Mund. Als sie seine Lippen spürt, werden ihre Knie weich. Verwirrt löst sie sich aus seiner Umarmung.

„Ich ziehe mich schnell an und mache uns einen Kaffee. Wo ist Immi?"

„Sie schläft noch, aber sie wird mitkommen. Ich habe dir doch erzählt, dass mein Vater als ganz einfacher Bub in einem der alten Steinhäuser in Cofete geboren wurde? Der Ort liegt in der Bucht der von Sagen umwobenen Villa Winter. Ich möchte mit dir und Immi eine Wanderung dorthin machen. Immi hat ja noch ein paar Tage Ferien. Wir werden mit dem Auto bis zum Parkplatz hinter Morro fahren. Von dort geht es durch das Gran Valle zu Fuß über die Degollada auf die andere Seite. Du sollst sehen und erleben, wie die Leute früher dort gelebt haben."

„Ist das nicht ein wenig weit für nur einen Tag?"

„Nein, wir werden im alten Steinhaus meiner Eltern dort übernachten. Zum Essen brauchen wir nicht viel. Brot und Marmelade fürs Frühstück. Milch bekommen wir von den Ziegen des Nachbarn und abends können wir in die Bar dort gehen. Aber beeile Dich!"

Während Anna sich rasch anzieht und ein paar Sachen für die Wanderung in einen Rucksack stopft, legt Alejandro duftende Croissants auf einen Teller und kocht den Kaffee. Das Frühstück verläuft einsilbig. Anna weicht den verstohlenen Blicken von Alejandro aus. Plötzlich kommt Immi über die schwarzen Steine gerannt.

„Wo bleibt ihr so lange?" Empört bleibt ihr Blick an den Croissants hängen. Ohne zu fragen, schnappt sie sich eines der Croissants und schaut keck von einem zum anderen, bevor sie es mit Genuss verspeist. Alejandro holt noch seine Sachen aus seinem Haus und verstaut die Lebensmittel im Auto. Voll Erwartung sitzt Anna neben ihm, als sie die steile Kurve auf die Hochebene bewältigen.

Gegen Mittag erst kommen sie am Hafen von Morro und dann am Friedhof mit den drei Palmen vorbei, ehe sie über die kurvenreiche Piste den Wanderparkplatz am Eingang vom Gran Valle erreichen, wo der Weg nach Cofete abzweigt. Geradeaus geht es weiter zum äußersten Ende von Fuerteventura, zum Leuchtturm von El Puertito.

Vor ihnen breitet sich ein wirklich weites Tal aus. An den Hängen fängt das erste Grün an zu sprießen. Ein blauer Blütenteppich zieht sich die Hänge entlang. Es hat hier genug geregnet, um die Vegetation wachsen zu lassen. Rechts vom markierten Weg liegt eine große Finca. Die Gebäude sind aus allen nur möglichen Baumaterialien zusammengezimmert. Die Menschen hier sind groß im Improvisieren. Die Temperaturen sind zum Wandern recht angenehm. Immer wieder verhüllen Wolken die gleißende Sonne. Der Pfad ist mit Steinen eingesäumt, Verirrungen sind somit unmöglich. Schafe und Ziegen grasen hoch in die Hänge hinauf. Einige Esel äugen neugierig zu den Wanderern herüber und fressen sogar die Bananenschalen, die Immi ihnen hinwirft. Die Tabaibabüsche leuchten mit frischem Grün. Zum Erstaunen der drei ziehen zwei Radfahrer an ihnen vorbei. „Nein", denkt Anna, „mit denen möchte ich nicht tauschen. Wie es von der Degollada wohl abwärts geht? Der sieht irgendwie steil aus, dieser Grat!"

Von der Kuppe – der Degollada – aus, bietet sich den Wanderern ein atemberaubender Blick in die Tiefe zur kleinen Siedlung Cofete, der sagenumwobenen Villa Winter und zu den stürmischen Brandungswellen der lang gestreckten Bucht. Rechts und links türmen sich die nackten, schroffen Felsen zu den Gipfeln wie dem Zarza, der auf dieser Seite achthundert Meter steil abfällt. Man sieht fast die Südspitze der Insel und weit über den schmalen Isthmus hinaus.

Steil windet sich der Weg nun in Serpentinen den Hang hinunter, bis er unten durch eine Art „Willkommenstor" auf einer Piste zur einzigen Bar des Ortes führt. Etliche Schafe und Ziegen knabbern an dem spärlichen Gras, aus dem zaghaft gelbe und blaue Blumen hervorlugen. Einige Jeeps kommen von einer geführten Ausflugstour von der Villa Winter, die in krassem Gegensatz zu den geduckten Steinhäusern oben am Hang thront.

„Dort oben ist das Haus, in dem noch mein Vater geboren wurde." Alejandro weist mit der Hand in eine Richtung, in der sich mehrere Steinhäuser befinden.

„Ich sehe nur einen schwarzen Steinhaufen und einen zerzausten Baum davor", meint Anna etwas enttäuscht. Sie ist müde von der ungewohnten Wanderung und vor allem hungrig, hat sie doch seit der Früh außer Wasser und Obst nichts zu sich genommen. Die Ziegen meckern, man weiß eigentlich nicht, wo ein Grundstück anfängt und das andere aufhört. Alejandro bleibt vor einer Steinmauer stehen, die auf einer Seite abgebröckelt ist. Eine Ziege springt erschrocken von einem Steinwall herunter. Ein schmaler Durchlass führt in einen kleinen Innenhof, der sichtbar den Ziegen als Lagerplatz dient.
Die Sonne hat sich wieder hinter den Wolken versteckt. Alles sieht braun und ein wenig trostlos aus. Die karge Landschaft bekommt nur im Sonnenlicht den Glanz und die Leuchtkraft, weil das Gras noch nicht recht wachsen wollte. Der Regen reicht einfach nicht aus. Vielleicht hatte es die ganzen letzten Jahre zu wenig geregnet. Aber das Meer schimmert in den Farben von Dunkelblau über Türkis bis zu den milchig weißen Schaumkronen.

Während Alejandro den Schlüssel aus seiner Hosentasche fingert, stochert Anna die Losung der Ziegen mit ihrem Wanderstock zur Seite. Die Eingangstüre lässt sich erst öffnen, als sich Alejandro mit aller Wucht dagegenstemmt.
„Hotel ist das keines, aber vielleicht doch. Eines der besonderen Art", meint Alejandro, als er das etwas ratlose Gesicht von Anna sieht. Es ist kalt geworden, auch schon dämmrig. Er sucht in der recht geräumigen Wohnküche die Kerzen zusammen, zündet sie an – und schon bald ist der einfache Raum in wohlige Wärme und Licht getaucht. Er zieht die Plastiktonnen unter dem Abstelltisch hervor und gießt Wasser in verschiedene Behälter.
„Wasser ist hier kostbar", meint er. Mit dem Abwaschwasser spülen wir die Toilette, die sich hier hinter dem blauen Vorhang befindet. Es gibt schon einen Generator, der Wasser pumpen kann und Strom erzeugt, aber das lohnt sich nicht für die zwei Tage, die wir hier sind. Überdies bevorzuge ich die Stille und den Kerzenschein."

Auf dem Glastisch hinter dem Sofa türmen sich Dosen mit Würstchen. Gleich neben dem Eingang befindet sich ein Gasherd, eine Spüle ohne Wasseranschluss. Auf dieser Seite führt eine Türe in ein dunkles Schlafzimmer. Auf der gegenüberliegenden Seite befinden sich noch zwei Schlafräume, die auch Fenster zur Wohnküche haben. Innen sind sie wohnlich mit Doppelbetten und Schränken eingerichtet. Die Betten sind mit Plastik abgedeckt.

„Gegen den Staub und Sand, der durch alle Ritzen dringt", meint Alejandro lakonisch. Von außen hört man den Generator des Nachbarn.

„Nachts wird er abgeschaltet", beruhigt er Anna, die schon wieder angsterfüllte Augen macht.

„Morgen werden wir den Mann besuchen!"

Mit einer großen Taschenlampe leuchtet Alejandro in jedes Zimmer. „Es wohnt nicht oft jemand hier, meist nur am 24. Juni, zum Fest des San Juan. Da pilgern die Leute dann in einer großen ‚Romería', einer Wallfahrt, hierher."

Er räumt den Schubkarren vor die Tür, Anna findet einen Besen und ein Wischtuch, mit dem sie die Spuren beseitigt, die die Natur hinterlassen hat.

Alejandro nimmt für jeden eine Decke aus dem Kasten im größeren Schlafzimmer.

„Wo willst du liegen, Anna? Es gibt das Sofa gleich hier – oder willst du mit Immi auf dem Doppelbett schlafen? Dann müsst ihr euch nicht fürchten. Ich mache es mir hier auf dem Sofa bequem. Ich wache ohnehin als Erster auf."

Er reibt sich die Hände und macht auf dem Gasherd Wasser heiß.

„Für die Würstel! Und Tee für Immi! Für uns gibt es zum Trinken ein Glas Wein und – was ist denn das?"

Er hält eine angebrochene Flasche in die Höhe und riecht daran.

„Das ist Jamaikarum! Der wird uns wärmen!"

„Den gieße ich in den Tee, sonst steigt er mir in den Kopf!", sagt Anna.

Immi sitzt schon ganz schläfrig am Tisch, als Alejandro die heiße Wurst mit Brot und Senf vor sie hinstellt.

„Wenn morgen die Sonne scheint, können wir draußen frühstücken. Waschen könnt ihr euch hier, Katzenwäsche! Morgen früh können wir dann ein Morgenbad im Meer nehmen. Die Wellen dürften sanft werden. Nur Schwimmen ist wegen der gefährlichen Strömung verboten."

Immi hat bereits ihren Kopf auf den Tisch gelegt und ist eingeschlafen, ein Stück Brot in der Hand.

„Das sind Dinge, die in Erinnerung bleiben", meint Alejandro und trägt das Mädchen auf seinen Armen ins Schlafzimmer mit dem Doppelbett. Die einzige Lichtquelle von draußen war das Tageslicht aus der Tür, das nun schon der Dämmerung gewichen ist. Behutsam deckt der große Mann seine Enkeltochter zu.

„Schlaf gut, mein Engelchen. Du bist die Einzige, die mir geblieben ist."

Mit vorsichtigen Augen sieht er Anna an und geht zum Eingang, um die Türe zu schließen.

„Schade, Sternenhimmel haben wir heute keinen. Der ist manchmal überwältigend."

Die beiden sitzen um den Tisch. Die Kerzen spenden Licht und Wärme. Anna hat sich in eine Decke gehüllt. Beide schweigen. Der Raum ist randvoll mit den unausgesprochenen Gedanken der beiden. Die Luft ist wie elektrisch geladen. Alejandro hat den Anblick von Anna in ihrem Badetuch nicht vergessen – und Anna nicht den Blick aus seinen Augen.

Sie hat Angst. Angst vor der Erotik, die die Spannung in Stücke reißen würde und somit auch ihre Vorsätze. Es ist noch zu früh. Sie war innerlich noch nicht bereit – und doch zittert ihr Körper vor Verlangen nach Nähe, Berührung, Intimität. Zu lange schon ist sie allein. Und Alejandro? Er hat seine Frau, aber die liegt schon ein halbes Jahr in der Klinik im Koma!

„Komm, gehen wir schlafen. Lege dich ein wenig zu mir, dann ist uns beiden wärmer. Ich tue nichts, was du nicht auch willst." Er zieht sie mit sich in das andere Zimmer auf das schmale Bett. Er wickelt Anna in die Decke und legt sich daneben. Es ist nichts zu hören außer dem Generator des Nachbarn. Der würde auch bald abgeschaltet werden. Der Plastikvorhang bei der Toilette raschelt im Nachtwind. Auch die Mäuse scheinen zu schlafen.

Alejandros Hand streicht behutsam über die Haare von Anna. Zart gehen die Berührungen über ihre Schultern, über ihren Rücken. Seine Finger liebkosen ihre Brüste. Er spürt, wie sich die Frau allmählich entspannt. Sie streckt ihre Hand nach seinem Arm aus und beantwortet seine Berührungen. Zögernd gleitet seine Hand zu ihren Schenkeln.

„Nein, noch nicht", flüstert sie.

Alejandro spürt die aufsteigende Erregung, aber er würde warten können. Sie sind beide nicht mehr jung. Intimität hat nicht mehr diesen alles verdrängenden Stellenwert. Ein Orgasmus ist jetzt etwas, das nicht so mit einem Fingerschnippen erreicht werden kann. Sie sind beide ausgehungert nach Nähe, nach Wärme.

Alejandro spürt, dass Anna eingeschlafen ist. Er würde warten können, sagt er sich zum wiederholten Male. Da war ja auch noch seine Frau, von der Anna nichts wissen konnte. Wie würde sie es aufnehmen, dieses Geheimnis? Er braucht sie und möchte sie nicht mehr verlieren. Auch weiß er, dass für sie beide die Freiheit einen hohen Stellenwert einnehmen würde. Freiheit und Liebe – lässt sich das vereinen?

6. TAG

„Habe ich gut geschlafen! Wo liege ich denn? Wo ist Immi?" Fast erschrocken richtet sich Anna auf und bemerkt, dass sie mit Alejandro das Bett geteilt hatte. Sie erinnert sich an die Berührungen, an die wohlige Wärme, an das Begehren. Aber da ist noch etwas! Sie erinnert sich an ein Gefühl von Angst! Angst vor Leistungsdruck? Was ist, wenn „es" nicht klappt? Wird von ihr erwartet, dass es „klappt" wie in jungen Jahren? Mit ihrem verstorbenen Mann war die Sexualität mehr und mehr zu einem Problem geworden. Er war ja auch älter. Aber da war diese Beziehung zu Alfred, die, wenn auch kurz und prompt abgebrochen, ihr Mann ihr nie wirklich verziehen hatte. Sie hatte danach ihre Gefühle, ihre Sexualität, regelrecht abgetötet. Nie mehr sollte es passieren, dass sie sich in einen anderen Mann verlieben würde.

Jetzt aber hat sie diese wiederkehrende Urenergie bei sich gespürt. Und doch! Kann sie dies alles Alejandro begreiflich machen?

Es geht alles zu rasch. Am besten wäre es, sie würde das Haus verkaufen, wie sie ursprünglich geplant hatte. Alles als Erlebnis und Abenteuer lassen und nie mehr wiederkommen. Aber dazu ist es zu spät. Die Beziehung zum Haus, zu Alejandro und Immi ist schon zu weit fortgeschritten. Sie selbst ist restlos in die Geschichte der Insel verstrickt – und will sich auch nicht mehr lösen.

Anna steht auf, fährt mit den Fingern durch ihr recht wirres Haar und schaut durch die halbgeöffnete Eingangstüre. Die Sonne müht ihre ersten Strahlen über den Zarza, der drohend mit seinen steilen Abbrüchen auf sie herunterblickt. Alejandro hat bereits im kleinen Hof auf der niederen Mauer Tassen und Teller gerichtet. Vom Herd des Steinhauses her kommt köstlicher Kaffeeduft. Irgendwo hat er Kaffeefilter und Papier dazu hervorgekramt.

„Mein Gott, bist du schön, wenn du gerade aufgestanden bist! Dir steht die Insel gut. Du musst so bleiben."

„Ja, dann werde ich wie Immi in ihrer alten Pyjamahose oder wie Juan in seinem ewig braunen T-Shirt."

„Wir brauchen hier nicht viel, weißt du? Das Leben reduziert sich auf das Wesentliche. Immi, komm frühstücken! Wir wollen noch zu der kleinen Halbinsel, der Islote."

„Ich dachte, wir wandern heute wieder über die Degollada zurück?", fragt Anna erstaunt.

„Ja, zurück müssen wir schon, aber Juan, der Nachbar, nimmt uns in seinem Pick-up mit. Bis zum Parkplatz, wo wir unser Auto geparkt haben. Er hat einen Arzttermin. Es wäre doch schade, wenn wir nicht über den festen Sand zur kleinen Halbinsel wandern würden. Es gibt dort einen verendeten Wal. Schon seit einer Ewigkeit. Er stinkt noch immer! – Und die Sonne scheint auch. Also schnell gefrühstückt und dann los. Bei Ebbe läuft es sich gut."

Anna nimmt die Hand von Alejandro und streichelt sie.

„Wie soll ich dir danken?"

„Indem du versuchst, deine Angst zu überwinden. Wir müssen beide einen Schritt weitergehen. Du bist niemandem mehr Rechenschaft schuldig. Wolltest du nicht einmal ein ganz anderes Leben leben?"

Die Essensreste sind bald weggeräumt. Wegen der Mäuse muss alles in eine Blechtonne gepackt werden. Alejandro steckt eine Baguette, eine Flasche Wasser und drei Bananen in seinen Rucksack.

„Vergesst eure Badehandtücher nicht! Einen Badeanzug brauchen wir nicht. Das dort ist das Paradies pur, wenn sich bei Ebbe die Lagunen bilden, in denen man gefahrlos planschen kann."

Bloßfüßig wandern sie über den unendlich weiten Sand. So früh hat sich noch kein Tourist mit seinem Auto hierher verirrt.

„Deshalb liebe ich diese Morgenstunde so. Da gehört die Welt nur mir – und euch."

Die legendäre Villa Winter am Hang drüben leuchtet weiß in der Sonne und hebt sich von den schwarzen Steinhäusern markant ab. Ein zartes Grün hat die steilen Hänge bezogen.

In der Nacht war die Flut weit heraufgekommen und hatte den halben Strand bedeckt. Nun zieht sie sich langsam zurück und hinterlässt immer wieder kleine lagunenförmige Becken.

„Hier passt es mir", sagt Alejandro unvermittelt, zieht sich aus und läuft in das seichte Wasser.

Anna muss kurz innehalten. Sie ist gebannt von der hageren, braun gebrannten Gestalt. Isst er eigentlich genug? „Er ist so mager", denkt sie kopfschüttelnd. Hie und da raucht er, hat sie festgestellt, fast heimlich. Weiß er, dass sie Rauchen nicht mag? Dennoch war sein Kuss gestern früh würzig vom Tabak.

„Früher habe ich das immer verabscheut", denkt sie. War sie damals so intolerant, wundert sie sich.

Immi will sich nicht ausziehen.

„Ich schaue euch zu", ruft sie.

„Ach komm, ich gehe mit dir hinein. Das reicht mir ja gerade bis zu den Knien. Und die Wellen sind ganz harmlos."

Anna zieht sich die Leggings, mit denen sie geschlafen hat, und die Unterwäsche aus, und nimmt Immi, die es ihr nachgemacht hat, an der Hand ins morgenfrische Wasser. Sie bespritzen sich gegenseitig mit dem salzigen Nass, legen sich ins seichte Wasser und lassen die Ausläufer der Wellen über sich hinwegspülen. Alejandro nimmt Anna in die Arme und küsst sie, wobei er das Wasser von ihrem Körper streift.

„Liebt ihr euch?", wollte Immi wissen.

„Ihr müsst euch lieben, dann kann ich immer bei euch bleiben."

„Immi, ich muss wieder nach Hause. Ich habe so kleine Enkelkinder zu Hause. Bald kommt wieder ein neues auf die Welt!"

„Au fein, dann komme ich mit dir. Hier ist es ja viel zu langweilig."

„Mein Gott, wie einfach ist doch für so ein Kind das Leben! Können wir uns da nicht ein Beispiel nehmen? Heute Nacht!"

Die letzten Worte hat Alejandro nur in Richtung von Anna geflüstert.

„Kommt weiter, wir wollen doch zur Insel", ruft Immi, die sich bereits wieder angezogen hat.

„Könnt ihr schon den Wal riechen?", fragt Alejandro, als sie sich schon in der Nähe der schmalen Landzunge befinden.

Immi rümpft die Nase. Ein verblichenes Schild weist auf die Überreste dieses vor Dekaden gestrandeten Riesen hin. Man sieht nur noch einen Haufen Knochen, von lederiger Haut überzogen. Es sieht eher aus wie ein Fels im Sand. Ein zweites Schild weist darauf hin, dass man Abstand halten und den Kadaver nicht berühren soll.

Zu dritt erklimmen sie den mächtigen Fels der kleinen Insel. Anna weigert sich anfangs, an dieser Bergtour, wie sie es nennt, mitzumachen. Sie hat Angst, die Wellen der herannahenden Flut könnten über den Fels schwappen und die sandige Landzunge überfluten.

„Ich habe einfach Angst vor hohen Wellen und der Flut. Vor vielen Jahren habe ich meine Eltern nach Casablanca in Marokko begleitet. Da waren die Wellen meterhoch. Und einmal, in Südfrankreich, bin ich von einer Brandungswelle bei Sturm, dem Tramontana, überrollt worden und fast nicht mehr herausgekommen. Ich liebe den Strand am Meer und auch, mit einem großen Schiff über das Meer zu fahren. Aber vor dem Wasser habe ich Angst."

Oben auf dem Felsplateau packt Alejandro die Bananen, die Baguette und die Wasserflasche aus dem Rucksack und verteilt den Proviant. Anna zaubert eine Schokolade aus ihrem Plastiksack. Aneinandergelehnt sitzen sie da, überwältigt von der Weite der Landschaft und von dem Gefühl einer untrennbaren Zusammengehörigkeit.

„Gehen wir, vamos!", sagt Alejandro fast mürrisch. Sein Blick war ernst, traurig, verschleiert. An was er wohl gedacht hat? Noch immer nicht hat er seine Frau erwähnt. Weiß er, dass sie es weiß? Hat Immi geplaudert? Zuzutrauen wäre es ihr. Zu schwer lastete dieses unausgesprochene Geheimnis auf ihren jungen Schultern.

Anna fasst Immi an der Hand und hilft ihr die erste Steilstufe hinunter. Schweigend setzen sie den Heimweg fort.

In der Zwischenzeit sind auch andere Besucher unterwegs. Leute liegen in der Sonne. Am Parkplatz, der von dem riesigen

Sandstrand abgetrennt ist, reiht sich Leihauto an Leihauto. Anna möchte noch die wenigen Gräber auf dem versandeten Friedhof besichtigen. Ein paar Holzkreuze, sogar ein paar Papierblumen schmücken die halb vergessenen Gräber.

Zurück im Steinhaus stellt Anna das Geschirr zurück in einen Kasten, Alejandro verstaut die restlichen Lebensmittel in seinem Rucksack, kontrolliert, ob alles im und um das Haus wieder am rechten Platz steht.

Juan, der Nachbar, hupt bereits, weil er in Morro einen Arzttermin hat und die Zeit drängt. Seine Mutter, die Anna uralt vorkommt, obwohl sie nicht älter sein dürfte als ihr verstorbener Mann, lässt sie alle noch von der köstlichen Ziegenmilch kosten.

„Wenn die Ziege Zicklein hat, gibt es wenig Milch für uns. Die muss man eben den Jungen lassen. Das nächste Mal gibt es vielleicht Käse!"

„Das nächste Mal müssen wir zu dem großen Felsen auf der linken Seite der Bucht wandern", meint Alejandro. „Da kann man bei Ebbe auch schwimmen. Zumindest sind das meine Kindheitserinnerungen. Ich war schon lange nicht mehr dort. Vielleicht hat es mir auch nur mein Vater erzählt. Früher, vor der großen Dürre, war alles hier fruchtbarer, auch bewässert, wie du noch an den Terrassen sehen kannst. Die Leute bauten Getreide an, auch Gemüse. Mein Vater ist nie richtig zur Schule gegangen. Einmal in der Woche kam eine Lehrerin aus Morro. Das meiste haben sich die Kinder von den Erwachsenen abgeschaut, die lesen und schreiben konnten. Mein Vater kannte als Ziegenhirte alle Steige und Wege. Er war auch Fischer, konnte alles selbst erzeugen und reparieren. Bei Ebbe und nach einem Sturm mussten die Kinder zum Strand hinunter, um das zu sammeln, was die Wellen angeschwemmt hatten. Da war viel Brauchbares darunter.

Ja, das Leben war hart, aber wir waren dennoch fröhlich – und frei. Mein Vater fuhr dann mit der Marine zur See. Seine Kinder haben studiert! Da war das Leben hier nicht mehr möglich. Ich aber bin Künstler geworden."

Juan hupt noch einmal energisch. Jetzt gibt es kein Halten mehr. Der Pick-up kämpft sich die kurvenreiche Piste am Hang hinauf zur nächsten Degollada. Tief unten das blaue Meer und ganz hinten, schwarz und gefährlich, der einsame Fels, der Moro! Riesige Kandelaberkakteen wachsen auf den Abhängen zum Küstensaum hinunter. Anna glaubt sich in eine andere Welt versetzt. Am Parkplatz am Beginn des Gran Valle setzt Juan die drei ab. Dort steht ja das klapprige Auto von Alejandro. Noch eine halbe Stunde Fahrt, am malerischen Friedhof mit den drei windzerzausten Palmen vorbei. Das Horn der Fähre von Gran Canaria herüber meldet die Einfahrt in den Hafen von Morro.

In einem Café stärken sich Anna und Alejandro mit Kaffee, Immi bekommt endlich ihr heißersehntes Eis.

Spät erreichen sie Los Molinos. Alejandro und Immi fahren in die Finca zurück, nachdem sie Anna bei ihrem Häuschen abgesetzt haben. Immi ist morgen bei ihrer Tante in der Hauptstadt eingeladen. Und danach beginnt wieder die Schule. Anna will allein sein, sie fühlt, dass sie nach diesen intensiven Erlebnissen Abstand brauche. Im Schein ihrer Taschenlampe schlüpft sie ins Bett. Die Wellen toben, können aber der lauten Stille nichts anhaben. Anna liegt noch lange wach, findet keinen Schlaf. Wann würde sich ihr Leben wirklich ändern?

7. TAG

Heute hängen die Wolken am Morgen wieder schwer über den Bergen. Anna fröstelt. Sie sitzt in eine Decke gehüllt auf der kleinen Terrasse und trinkt ihren Kaffee. Sie fühlt sich schlapp, müde und lustlos. Die Wanderung gestern und vorgestern, die lange Autofahrt zurück nach Los Molinos – das alles hat sie ermüdet. Vielleicht mehr psychisch als physisch. Sie sehnt den Tag der Abreise herbei. Alles kommt ihr so sinnlos vor. Immer wieder wird sie von der Tatsache eingeholt, dass ihr Mann tot ist. Sie kann doch nicht einfach hier bleiben und ein anderes Leben beginnen. Sie hat doch ihr Leben zu Hause. Die Kinder, die Enkelkinder. Ihre künstlerische Arbeit. Ihre Freunde! Aber wer sind ihre Freunde? Haben sich nicht viele nach dem Tod einfach verabschiedet? Und sie hatte nicht die Kraft, die Beziehungen weiter zu pflegen.

Und ihre Arbeit? Wollte sie nicht alles reduzieren? Ihre Werke verschenken? Für einen guten Zweck versteigern? Und dann? Kinderwagen schieben? Mit den Enkelkindern Ball spielen? Ist das dann das neue Leben – oder genügt es, das alte einfach auslaufen zu lassen? Die nächsten zehn Jahre?

Alejandro ist jünger als sie. Aber was macht das schon aus? Bis auf die Sexualität? Dieses Thema beschäftigt sie sehr. Alejandro braucht eine jüngere Frau, frisch und lebendig! Aber solange seine Frau noch lebt, ist dieses Thema sowieso erledigt. Tabu! Sie will diese Situation nicht ausnützen. Das muss auch Alejandro einsehen. Er bildet sich vielleicht etwas ein, was gar nicht da ist. Die große Liebe, was ist das? Erleben wir immer wieder die „große Liebe"?

Während Anna ihren schweren Gedanken nachhängt, kommt Juan vom Restaurant mit seinem Mistkübel über die großen Steine zu ihrem Haus her. In der anderen Hand hält er wieder den unvermeidlichen „Bocadillo".

„Ah, da sind Sie ja! Aber das „Sie" lassen wir jetzt weg. Das gibt es unter Freunden nicht. Wo hast du dich denn die letzten Tage versteckt? Nirgendwo habe ich dich gesehen. Ich dachte schon, du wärst abgereist?"

„Bist du eifersüchtig?", lacht Anna.

„Ich war mit Alejandro und Immi in Cofete, dort, wo der Vater von Alejandro geboren wurde. Im Steinhaus. Eine verrückte Gegend. Das Steinhaus ist noch grenzwertiger als dieses hier."

„Dachte ich mir doch! – Amor!" Juan schmollt.

„Ach Juan, du brauchst doch eine junge Frau, ein Mädchen. Für dich bin ich eine Oma. Und dann bist du auch ein Philosoph und ein Freidenker."

„Willst du ihn heiraten?" Juan schaut sie ganz ernst an.

„Das geht doch gar nicht! Er ist doch verheiratet. Und übrigens will ich nicht noch einmal heiraten. Mir geht das hier alles zu schnell. Ich werde von dieser verrückten Insel überrumpelt. Von diesem Steinhaufen mit Wasser rundherum!"

„Na, na, mach du mir meine Insel nicht schlecht. Das ist ein ‚schlafender Vulkan'. Und übrigens haben wir Majoreros dich akzeptiert und aufgenommen."

„Ist ja schon gut. Ich weiß, dass du vom Béthencourt abstammst. Aber das war ein Eroberer, kein Ureinwohner!"

Anna lacht.

„Bevor ich abreise, komme ich noch einmal zu dir Fisch essen. Das gibt mir vielleicht Kraft für ‚Amor'!"

„Und mein ‚Bocadillo' auch."

Er drückt ihr den Sandwich in die Hand und setzt seinen Weg zu den großen Abfalleimern fort.

Schon bald bricht die Sonne durch die Wolken und bringt die langersehnte Wärme. Anna wandert durch den Barranco, um ihre Gedanken zu ordnen. Der weiße Reiher fliegt vor ihr auf. Die bunten Enten ziehen über ihr mit ihren pfeifenden Schreien über die Ränder der Schlucht. Einige Wanderer kommen den Wanderweg von Las Parcelas herunter. Die Bar füllt sich mit Touristen, die leicht bekleidet aus ihren Autos steigen.

Anna sitzt auf einem großen Stein, hinten, wo der grüne Bewuchs die Ufer des Barranco überwuchert.

„Nein, es ist alles zu früh. Aber wenn ich jetzt abreise, kann ich gar keine Entscheidung treffen. Das ist wie Flucht. Und verkaufen kann ich immer noch. Ich möchte alles in Ruhe auf mich einwirken lassen."

Anna kehrt um, telefoniert mit dem Makler und storniert ihren Flug. Da hört sie den Motor von Alejandros Auto vor ihrem Haus. Sie eilt hinaus – direkt in seine Arme.

„Komm, ich entführe dich jetzt. Wir gehen einmal gut essen und dann kommst du zu mir in mein Atelier. Ich möchte dich modellieren, bevor du aus meinem Gesichtskreis wieder verschwindest. Immi darf morgen nach der Schule bei ihrer Schulfreundin den Nachmittag verbringen und auch dort schlafen. Sie haben sich so viel zu erzählen. Wir haben doch einmal ein wenig Zeit für uns."

Anna zieht ihr geblümtes Sommerkleid an. Es ist das erste Mal, dass sie aus ihren Jeans und den T-Shirts aussteigt und sich hübsch macht. Auch die roten Stöckelschuhe dürfen nun zur Geltung kommen.

In Tindaya halten sie bei einem urigen Restaurant mit Blick auf den Heiligen Berg. Alejandro bestellt ein Ragout von einer jungen Ziege, frisches Brot, Salat und feurigen Wein.

„Das gibt die richtige Stimmungsgrundlage für meine Skulptur", meint der Künstler, indem er Anna tief in die Augen blickt. Anna wird es ganz heiß. Wie lange hält sie dieses schwelende Feuer noch aus?

Im Atelier in der Finca ist es angenehm kühl. Die Gloxinien beschatten die großen Fenster.

„Setz dich hierher, da ist der beste Lichteinfall."

Alejandro bindet sich seine Arbeitsschürze um, geht in den hinteren Raum und holt einen großen Klotz roten Tons heraus.

„Du musst nicht starr sitzen, vielleicht schaust du dir ein paar Bilder in diesem Heft an. Oder nimm den kleinen Klumpen Ton", er wirft ihr eine rote Kugel hin, „und du formst auch etwas. Du sollst so natürlich wie möglich wirken. Ich möchte deine Seele erfassen." Mit geschickten Händen beginnt er, ihren Kopf und die Schultern zu modellieren.

„Der Makler hat noch einmal angerufen. Ich habe ihm gesagt, dass ich jetzt nicht verkaufe. Er hat gelacht. Kennt er dich?" Anna schielt zu Alejandro hinüber, um seine Reaktion zu testen. Er bleibt auf seine Arbeit konzentriert.

„Und was ist mit deinem Rückflug?"

„Den habe ich auch storniert. Mir gefällt es hier, ich brauche noch mehr Zeit. – Und Immi braucht mich. Sie ist schließlich mit mir irgendwie verwandt! Ihr fehlt die Mutter, die Großmutter – ein weibliches Wesen ..."

„Bin ich so ein schlechter Vaterersatz und Großvater?", antwortet Alejandro mit gerunzelter Stirn, während er an der Stirn von seinem Tonmodell arbeitet.

Das Werk wirkt flüchtig, fast zerrissen.

So zerrissen wie Annas Seele. Anna wünscht sich beides: Freiheit und Unabhängigkeit auf der einen Seite – und die Freundschaft eines so wunderbaren Menschen wie Alejandro auf der anderen Seite. Mit ihm könnte sie ihre künstlerische Arbeit wieder aufleben lassen. Hatte er ihr nicht schon einen Platz zum Arbeiten in seinem Atelier angeboten? Aber da ist vielleicht das Häuschen am Meer besser geeignet. Vor allem wegen der Unabhängigkeit. Weil es IHR Häuschen ist.

Aber Alejandro ist verheiratet. Er liebt seine Frau, auch wenn die Umstände sehr traurig sind ... „Bis dass der Tod euch scheidet ..." Dieser Satz hat besonders hier in diesem Land seine Gültigkeit.

„Mach mir nicht solche Falten", meint Anna, indem sie zu Alejandro hinüberschielt.

„Halte still und schau nicht hin. Ich möchte dich so gestalten, wie ich dich sehe. Wie ich dich in Erinnerung behalten will."

Da läutet unvermutet das Telefon. Der schrille Ton lässt Anna und Alejandro gleichermaßen erschreckt zusammenzucken.

„Sí", antwortet Alejandro, als er den Hörer abnimmt. Gespannt lauscht er in den Apparat hinein. Seine Augen weiten sich.

„Sí, entiendo, ich verstehe", sagt er mit fast tonloser Stimme und sieht hilfesuchend zu Anna hinüber. Mit seinen Händen, die noch rot vom Ton sind, streicht er sich über die Augen, als ob sie trübe wären, wobei sie schmutzige Streifen an seinen Wangen hinterlassen.

„Sí, ich komme sofort."

Alejandro lässt den Hörer sinken. Das Freizeichen tönt bedrohlich in die Stille, weil er es nicht abgeschaltet hat. Und zu Anna gewandt: „Meiner Frau Lucia geht es sehr schlecht. Verzeih, ich habe nie davon gesprochen, das ist ein Fehler. Mir fehlte der rechte Augenblick. Aber ich nehme an, Immi, die Plaudertasche, hat dir davon erzählt. Lucia ist meine Frau. Sie liegt nach einem Aneurysma im Gehirn seit einem halben Jahr im Koma im Krankenhaus. Ich muss sofort zu ihr!"

Sein Gesicht ist weiß wie die Wand, seine Hände zittern.

„Ich weiß, ich sollte dich da nicht hineinziehen, aber wenn du mitkommen wolltest ... es wäre leichter für mich ... Ich fühle mich so allein gelassen, es ist so plötzlich ..."

„Natürlich komme ich mit, da solltest du auch nicht allein sein. Ich fühle mich stark genug."

Alejandro zieht Anna verzweifelt an sich.

„Du bist das Einzige, was mir bleibt."

„Nein, da ist auch Immi, dein Enkelkind. Sie ist ganz wichtig für dich – und für mich", fügt Anna leise hinzu. „Das Bindeglied zwischen uns zweien." Aber das denkt sie nur noch.

Sie umarmen sich stumm, bevor sie die Spuren ihrer Arbeit von den Händen wischen und ins Auto steigen.

„Willst du nicht Immi in der Schule verständigen?", fragt Anna während der Fahrt in die Hauptstadt.

„Nein, sie erfährt es noch früh genug."

„Aber vielleicht will sie ihre Großmutter noch sehen, um von ihr Abschied zu nehmen. Holen wir sie ab. Es ist noch nicht zu spät umzukehren."

Immi macht große Augen, als die Lehrerin ihr sagt, der Großvater sei draußen. Sie würden alle ins Krankenhaus fahren, weil es der Großmutter nicht gut gehe. Stumm sitzt das Kind im Fond des alten Wagens. Wieder ein lieber Mensch, der ihr genommen würde. Zaghaft reicht sie ihren Arm nach vorne und berührt Anna an der Schulter. Anna dreht sich um, lächelt beruhigend und drückt ihre Hand, die sie nicht mehr loslässt, bis sie das Krankenhaus erreicht haben.

Eine junge Schwester führt sie zur Intensivstation. Der diensthabende Arzt kommt ihnen entgegen. Seine Miene ist ernst. Wortlos öffnet er die Tür zum Krankenzimmer. In dem abgedunkelten Raum liegt Lucia, bleich, mit geschlossenen Augen. Schläuche und Kabel verbinden sie mit tickenden und blinkenden Geräten und tropfenden Infusionsflaschen. Um den Kopf hat sie ein Tuch gebunden. Der Atem geht flach und stoßweise. Mit Aussetzern dazwischen.

„Sie hat heute früh einen plötzlichen Herzstillstand erlitten, den wir aber rasch ohne Apparaturen beheben konnten."

Der Arzt hält inne, als er Alejandros vorwurfsvollen Blick auffängt. „Wir sind doch in der Patientenverfügung übereingekommen, dass keinerlei unnötige lebensverlängernde Maßnahmen angewendet würden."

„Ja, das haben wir respektiert, konnten Sie aber nicht erreichen. Sie wollen doch sicher Abschied nehmen von Ihrer Frau? Es geht mit ihr zu Ende. Die Organe beginnen zu versagen. Lange hält sie nicht mehr durch. Nehmen Sie sich Zeit und bleiben Sie bei ihr."

Alejandro nickt dankend.

„Wollt ihr vielleicht in der Kantine einen Kaffee trinken? Oder etwas essen? Ich rufe euch an, wenn sich etwas verändert."

„Anna, ich habe Angst. Wo geht Oma hin, wenn sie stirbt? Und sie muss sterben, das weiß ich." Immis Augen sind weit aufgerissen, so als ob sie in die Ewigkeit sehen könnte.

„Deine Oma geht dorthin zurück, wo wir alle herkommen, zu unserem Ursprung. Zu Gott, wenn du willst. Dort haben wir weder Schmerzen noch Krankheit oder Kummer, sondern nur wunderbare Wärme und Menschen, die uns lieb gehabt haben. So wie deine Mama. Oder Onkel Julius, dein Vater. Diesen Weg müssen wir alle beschreiten. Der bleibt niemandem erspart. Deine Oma kann dann viel besser auf dich aufpassen, als wenn sie im Krankenhaus liegt. Weißt du, wo wir heute schlafen, du und ich? Sicher bekommst du schulfrei unter diesen Umständen. Wir fahren in mein Häuschen in Los Molinos. Du bist doch dort auch gerne gewesen. Und deine Oma auch und Onkel Julius und deine Mama. Dort werden wir für alle Kerzen anzünden. Wir Großen trinken vielleicht ein Gläschen Wein, und du erzählst mir alle Geschichten, die du mit deiner Oma erlebt hast. Ja, was meinst du? Und die Wellen werden ihr ewiges Lied singen und uns in den Schlaf wiegen."

Anna bestellt sich einen Kaffee und für Immi eine dicke heiße Schokolade. „Das hat Oma früher auch gerne getrunken."

Plötzlich steht Alejandro an der Theke. Er bestellt sich einen Kaffee und setzt sich zu Anna und Immi. Seine Hände zittern.

„Ich kann heute Nacht bei Lucia bleiben. Es wird nicht mehr lange dauern. Wahrscheinlich diese Nacht – und da möchte ich bei ihr sein. Das versteht ihr doch?"

„Natürlich. Immi und ich werden nach Los Molinos in mein Häuschen fahren. Da sind wir Lucia auch nah."

Alejandro umarmt die beiden.

„Ich rufe euch ein Taxi, das bringt euch zurück."

Mit diesen Worten dreht er sich um und lässt die beiden allein. Kurz darauf schaut eine Schwester in der Kantine vorbei und richtet aus, dass das Taxi draußen warten würde. In der Zwischenzeit ist es dunkel geworden. Nach einer guten Stunde setzt das Taxi Anna und Immi in Los Molinos ab. Immi ist bei der Fahrt fest eingeschlafen. Anna muss sie ins Haus tragen und deckt sie in ihrem früheren Bett sorgsam zu. Sie schließt die Fensterläden und sucht alle Kerzen, die sie finden kann. Nun ist der Wohnraum hell erleuchtet wie zu Weihnachten. Die Wellen donnern gegen die Felsen, als ob auch sie traurig wären.

Anna schenkt sich ein Glas Wein ein. Wie lange ist es nun her, dass sie das letzte Mal hier geschlafen hat. Die Fahrt nach Cofete zieht an ihren Augen vorüber, das Steinhaus, die Finca mit dem Atelier. Wie lange ist sie nun schon hier? Eine Ewigkeit? Oder doch nur eine Woche? Jetzt weiß sie, dass sich ihr Leben verändert hat. Zuerst die Erbschaft, dann das Häuschen, Immi, Alejandro, die verwandtschaftlichen Zusammenhänge mit Onkel Julius. Ihre unvorhergesehene Zweitfamilie hier auf der Insel. Das Zusammentreffen mit dem Makler ...

Ihren Kindern hat sie einmal ein Mail geschickt, dass alles etwas länger dauern würde. Sie waren alle so mit sich und ihrem eigenen Leben beschäftigt, dass sie ihr persönliches Leben – nämlich das der Mutter – nur am Rande interessiert. Das hier würden sie noch früh genug erfahren.

Als die Kerzen niedergebrannt sind und nur noch ein fahler Schein den Raum erhellt, als sich die ruhigen Atemzüge des kleinen Mädchens mit dem Rauschen des Meeres vermischen, legt sich auch Anna ins Bett, um ihren Gedanken freien Lauf zu lassen.

Was wird sich nun ändern? Wahrscheinlich wird sie eine Art Mutterstelle bei Immi annehmen. Vielleicht hat sich Julius gedacht, dass sie und Alejandro ein gutes Paar abgeben würden. In Zukunft würde auch das Haus wieder Immi gehören. Immi würde gut zu ihren zwei Enkeltöchtern passen. In den Ferien könnte Immi bei ihr in Deutschland leben oder sie mit den ihren hier. Im Sommer sei das Meer ruhig, sagen die Einheimischen.

Und Alejandro? Das wird die Zukunft zeigen, ob ihre Zuneigung sich vertieft, als dauerhaft erweist. Welch wunderbare Bilder umschweben sie und wiegen sie mit den Wellen in den Schlaf.

Aber immer muss jemand gehen, damit der Fluss des Lebens nicht behindert wird.

8. TAG

Ein klarer, frischer Morgen legt sich über die fast schwarze Hügelkette. Anna öffnet die Haustür und tritt die drei Steinstufen hinunter auf den schmalen Weg, der an ihrem Häuschen vorbeiführt.

In der Mitte steht eine große Kabelrolle, die in der warmen Jahreszeit als Tisch dient und die Touristen auf den Privatraum vor dem Haus aufmerksam machen soll. Die meisten ignorieren mit starren Mienen, dass das Haus bewohnt ist, und gehen oft grußlos vorbei. Andere nehmen gleich den Weg zu den großen runden Steinen, die die wilden Flutwellen aufgetürmt haben. Im Sommer soll der Strand weit und golden sein, mit einem Felsentor, das auf der linken Seite der Felsen herausgeschnitten zu sein scheint.

Golden hat nun der Sonnenball die schwarzen Kanten oben bei der Straße überwunden und überströmt die Häuser mit seinem glänzenden Licht.

„Jetzt ist Lucia gestorben", geht es Anna durch den Kopf. Ein kalter Schauer durchrieselt sie. Sie faltet die Hände zu einem stummen Gebet.

„Herr, gib ihr Frieden – und uns allen auch."

Da steht plötzlich Immi hinter ihr. Mit ihrem von der Nacht zerzausten Haar, der viel zu langen Leggings, die ihr Anna gestern noch übergezogen hat. Sie reibt sich die Augen und legt ihre Arme um Anna. Beide wiegen sich im Gleichklang ihrer tiefen Gefühle, begleitet vom Atmen der Wellen. Schweigen ... eine Zeit lang.

„Anna, ich habe Hunger", sagt Immi plötzlich.

„Ich mach' uns Omeletten, das hat mir die Oma beigebracht."

„Das ist eine tolle Idee, ich habe aber keine Milch. Im ‚Casa Pon' ist noch niemand. Das geht auch mit Wasser, Eier müssen noch da sein!"

Fasziniert sieht Anna nun zu, wie das kleine Mädchen geschickt zwei Eier mit dem Wasser und „Gofio", dem einheimischen Mehl aus gerösteten und gemahlenen Körnern, zusammenmischt. Anna gibt in der Zwischenzeit Olivenöl in die Pfanne, die sie wieder auf das heiße Gas stellt. Als das Öl heiß genug ist, gießt Immi einen Schöpfer Teig hinein. Sie steht auf einem Schemel, um besser hantieren zu können. Ihre Wangen glühen, vergessen der Schmerz um die Großmutter oder einfach weggetreten zu Gunsten des Lebens.

„Siehst du, wenn Abuelo kommt, bekommt er auch eine Omelette. Drei habe ich gemacht. Aber ...", voll überraschtem Entsetzen hält sie die Hand vor den Mund, „Lucia ist ja dann tot! Was machen wir ohne sie?"

Anna streicht ihr übers Haar.

„Sie ist dort, wo es ihr viel besser geht!"

Ein Geräusch an der offenen Haustür lässt sie innehalten. Beide schauen hinaus. Alejandro macht gerade die Türe hinter sich zu. Er ist grau im Gesicht. Die Falten um seine Augen haben die sonst so blitzenden Augen in ihre tiefen Höhlen gedrückt. Erschöpfung steht in seinem Gesicht geschrieben.

„Um fünf Uhr früh ist sie friedlich eingeschlafen. Die Schwestern werden sie ein wenig herrichten. Ihr das Kleid anziehen, das sie von ihrer Einlieferung noch dort im Kasten hängen hat. Und dann ..."

Er unterbricht seine Mitteilungen und blickt um sich mit hängenden Schultern, dieser sonst so starke Mann.

„Abuelo, komm, ich habe Omeletten gemacht, wie es mir die Abuela gezeigt hat! Es ist eine für dich fertig." Sie schlingt ihre dünnen Ärmchen um den alten Mann, und sie halten einander fest in den Stürmen des Lebens.

Anna hat in der Zwischenzeit eine Kerze gefunden, die sie auf den Tisch stellt und anzündet.

„Die schmecken aber ausgezeichnet, da würde die Oma stolz sein auf dich. Und wenn du mir noch einen Kaffee servierst, bist du die perfekte Hausfrau für mich", lobt Alejandro die kleine Immi.

„Aber das macht doch jetzt die Anna. Sie hat Zeit, ich muss in die Schule." Nur mühsam hält Immi ihre Tränen zurück.

„Lucia wollte ganz traditionell beerdigt werden. Du kennst doch die Friedhöfe in südlichen Ländern", meint Alejandro zu Anna gewandt. „Die Särge werden in diese Mauern geschoben, nicht in die Erde versenkt. Das Begräbnis wird in drei Tagen stattfinden. Wir haben beide nicht viele Verwandte. Lucia wollte nichts Aufwändiges. Wir werden auch keinen Priester benötigen. Lucia war ein Freigeist. Sie hat sich nur ein Gitarrenstück gewünscht, das sie so oft angehört und auch selber gespielt hatte: das ‚Asturias'. Wirst du bei der Verabschiedung dabei sein? Es wäre für Immi wichtig. Sie ist ganz verloren sonst. Wenn du dann nach Hause fliegen möchtest, bin ich einverstanden. Wir kommen schon über die Runden. Immi hat noch Schule, und ich muss die ganzen Formalitäten erledigen, den Behördenkram. Das wären ungefähr zwei Wochen. Ich weiß, ich kann nicht über dich verfügen. Aber wenn du dann wiederkommen möchtest, könnten wir uns zusammen ein wenig erholen. Ich würde dir noch mehr von der Insel zeigen. Ein Freund von mir, Mario, hat ein hübsches Haus in El Puertito, am Ende der Insel. Dort könnten wir zwei oder drei Tage in relativer Abgeschiedenheit wohnen. Dort sind überwiegend nur Tagesgäste. Irgendwie müssen wir auch unser Eigenleben als Majoreros leben können – unbeeinflusst von der Tourismusindustrie."

„Nein!", ruft Immi aufgebracht. „Da habe ich wieder ein paar Tage Ferien, was mache ich dann?" Tränen stürzen aus ihren Augen.

„Du darfst nach Corallejo in die Sanddünen, dort haben die Eltern deiner Freundin ein kleines Häuschen. Sie haben dich eingeladen."

Anna hat bei diesen Erörterungen schweigend zugehört und nur immer wieder von Alejandro zu Immi geschaut.

„Das ist alles überraschend und überhaupt nicht geplant gekommen. Ich bleibe bis zur Beisetzung bei euch. Ich möchte einiges im Häuschen ordnen, Altes wegräumen oder dir zurück-

geben. Es soll sich ja nun meine Handschrift hier zeigen. In den zwei Wochen zu Hause kann ich darüber nachdenken, was ich mit meinem neuen Leben hier anfange."
Anna steht auf und umarmt die beiden.

Die herannahende Flut schleudert die Wellen gegen die Felsen. Die weiße Gischt spritzt hoch auf. Die ersten Autos kommen zur Brücke heruntergefahren. Das Leben geht weiter.

Teil 2
Maryanne

1. TAG

"Wo bin ich?", fragt sich Maryanne, als sie aus traumlosem Schlaf erwacht. Fünf Uhr früh! „Mein Gott, was fange ich mit dieser frühen Morgenstunde an?"

Alles ist ruhig, alles ist dunkel. Es kann ja auch nicht anders sein, weil das Fenster von der kleinen Kammer, in der Maryanne schläft, zur Küche hin angebracht ist. Von dort ist ein weiteres Fenster mit einem Fliegengitter und einem Fensterladen hinaus zur Straße geöffnet. Daher kommt frische Luft und Meeresrauschen.

Maryanne richtet sich auf. Die Erinnerung an den vergangenen Tag bemächtigt sich ihrer wieder. Gestern ist sie vor lauter Erschöpfung und Kälte und Schmerzen in den Kniegelenken schon um sechs Uhr abends ins Bett geschlüpft. Mit drei Decken hat sie sich zugedeckt, um noch etwas zu lesen, bevor ihr die Augen zufielen. Ihre Abendmahlzeit war der letzte Rest der französischen Zwiebelsuppe aus dem Päckchen, das ihr Jacques zurückgelassen hatte, bevor er nach der Donaukreuzfahrt im vergangenen Sommer nach Frankreich zurückfuhr. Das Glas Rotwein hat noch das Seinige dazu getan.

Diese alte Wohnung, die ihr der Wanderfreund Lorenzo von der Gruppe Fayagua immer wieder vermietet! Dieser kleine Schlafraum mit den zwei alten Betten und dem dunklen Holzgestell! Wie wohlig eingebettet fühlt sie sich da – daneben gäbe es einen „eleganteren" Raum mit einem großen Bett, dazu passend Schrank, Kommode und Nachtkästchen. Das dortige Fenster aber geht auf die belebtere Straße hinaus. Es gibt doch ein paar Autos, dann die Leute, die nach dem Barbesuch nach Hause gehen. Es fehlt dort die Geborgenheit, das Gebärmuttergefühl, die abendliche Abgeschiedenheit.

Vor drei Tagen ist Maryanne hier am Ende der Insel – am Leuchtturm – angekommen. Lorenzo hat sie in Morro bei dem kleinen Geschäft, in dem sie sich die Nahrungsmittel für ihren Aufenthalt eingekauft hat, abgeholt und ist die fast zwanzig Kilometer lange Sandpiste hinausgefahren. Der große Wasserkanister ist dann aus Unachtsamkeit im Auto geblieben. Na ja, es gibt ja auch noch zwei Bars, in denen man das Notwendigste wie Brot, Wasser, Milch und Wein einkaufen kann. Als ihr Mann noch lebte, hatte er sich geweigert, hier draußen in der Abgeschiedenheit zu wohnen, ohne Geschäft, Verkehrsanbindung, weitem Sandstrand ...

Maryanne versucht, ihr schmerzendes linkes Knie in eine bequeme Seitenlage zu bringen. Einschlafen, sich abkapseln, sich trennen von allem, was war, ist und sein wird. Das erste Mal wacht Maryanne um zehn Uhr nachts auf, um nach einem Schluck kalten Wassers wieder einzuschlafen. Die Kammer umschließt sie wie eine Gebärmutter, wie damals die Koje im „Oyster River", im kleinen Segelboot ihres damaligen Freundes an der Südküste von England. Was ist ein Hotel? Von wie viel Firlefanz und unnötigem Ballast sind wir da umgeben? Natürlich sind die Bedürfnisse verschieden. Für Maryanne ist diese alte Wohnung Luxus. Sie wollte schon immer so leben wie die Einheimischen, sich an sie angleichen, die Kluft zwischen Tourist und Majorero überwinden. Wie damals auf ihren Reisen in Westafrika.

Um sechs Uhr morgens ist die Nacht durchgestanden. Auch wenn es draußen noch dunkel ist. Wegen der immer wiederkehrenden Knieschmerzen ist ihr Schlaf unterbrochen. Maryanne öffnet die Tür und schaut hinaus. Stille. Morgendliche Kühle. Die Dunkelheit beginnt der Dämmerung zu weichen. Maryanne wünscht, sie hätte doch den leichten schwarzen Wollpullover eingepackt. Er hätte ihren Rucksack auch nicht schwerer gemacht. Ihr fehlt ein Kleidungsstück, in das sie sich hineinkuscheln kann. Einwickeln. Hineinkriechen. Es fehlen Arme, die sie halten, wärmen, lieben. Das Haus ist aus Stein gebaut oder gemauert. Der Fußboden aus Steinfliesen, ohne einen wärmenden Teppich. Keine Wollschals, die ein Gast vergessen hat. Hier schützen sich die Menschen vor der Hitze im Sommer. Maryanne kann nur hoffen, dass die kalten Winde draußen abflauen. Es ist halt auch hier Winter. Gestern hat sie sich in der großen Sandbucht bis fast zwei Uhr nachmittags gesonnt, bis die Wolken sich kalt vor die Sonne schoben.

Heute packt sie mehr zu essen ein als gestern. Mehr Obst und mehr Kekse. Vom höchsten Berg der Insel, dem Zarza, schiebt sich eine schwarze Wolkenwand herüber. Es sieht nach Regen aus, als sich Maryanne auf den Weg macht. Manchmal kommt sie sich vor wie einer der Lemminge, die sich allesamt ins Meer stürzen. Schon zum dritten Mal hat sie das Ende der Insel, die Punta de Jandia, als den Anfang ihrer Auszeit vom Leben zu Hause gewählt. Jedes Jahr der Marsch über zwei Stunden auf dem Wanderweg oder am Strand über Geröll, Felsen und Sand in „ihre" Bucht, in „ihre" Steinburg am weiten Sandstrand. Immer dieses Besitzdenken – oder die Suche nach Heimat?

Und schon prasselt der Regen herunter, als sie bei der Wohnwagensiedlung oben auf der Klippe ankommt. Maryanne wirft sich den alten gelben Plastikponcho über. Er ist so praktisch, leicht zu verstauen und erfüllt seinen Zweck trotz der Löcher, die sie mit schwarzem Klebeband zugeklebt hat. Er flattert im Wind. Die Sturmböen zerren an den Enden. Der große Poncho, den ihr Jacques, ihr französischer Freund, letztes Jahr gekauft hat, irgendwie gegen ihren Willen -, der ist ihr aus dem Rucksack gerutscht. Auf dem „Weg der starken Frauen" in Thüringen im vergangenen Sommer. War es ein schlechtes Omen? Aber da war die Liebesbeziehung, die beim näheren Hinschauen keine war, schon im Eimer. Obwohl er mehrmals beteuerte, er liebe sie. Aber kann ein Mann nach vielen Jahren der Unabhängigkeit diese plötzlich aufgeben? Wollte Maryanne nicht auch diese Unabhängigkeit?

Hier am „Ende der Welt" genießt sie ihr Alleinsein, ohne Störung, Anpassung. Kein Radio, kein Fernsehen, absolute Einfachheit. Harmonie mit der kargen Natur, ein Sich-darin-Auflösen. – Nur die Schmerzen erinnern sie, dass das Paradies noch fern ist.

Maryanne sucht Unterschlupf bei einem der grauen Wohnwägen, die illegal zu Häuschen hergerichtet wurden. Mit abgezäunter Terrasse, eingerolltem Sonnendach aus Segeltuch mit der Aufschrift „Piccola Italia", wie das Restaurant in Morro in der Fußgängerzone heißt. Solarzellen speisen die Beleuchtung. Eine Antenne oder eine Satellitenschüssel ermöglicht das Fernsehen. Es müsste ein Erlebnis sein hier zu wohnen. Die Einheimischen kommen an den Wochenenden und im Sommer hierher, um zu grillen, zu surfen und zu fischen. Improvisation ist großgeschrieben. Verwendet wird alles, was man findet oder billig bekommt. Regentonnen, Paletten, eine alte Badewanne dienen als Unterbau für den Grill. Fischen, essbare Muscheln sammeln, das ist ein großer Zeitvertreib. Es dürfen nur bestimmte Arten von Muscheln gesammelt werden. Andere stehen bei Strafe unter Naturschutz. Wer kontrolliert das?

Der Regen hat gleich wieder aufgehört. Maryanne geht weiter, den Strand entlang. Sie kennt nun alle Möglichkeiten, auch den Wanderweg oberhalb der Buchten, der aber immer steil bergauf und wieder bergab führt. Etwas anstrengend für ihr Herz. Dieses Jahr macht ihr der Weg am Meer entlang über die schwarzen Geröllfelder, die mit kleinen Sandbuchten abwechseln, keine Angst mehr. Auch nicht die Flut, deren Wellen heuer noch so wütend gegen die Felsen schlagen. Es gibt nur wenige Stellen, wo sie auf den markierten Wanderweg ausweichen muss. Dieser Wanderweg verbindet den Norden der Insel über circa hundertdreißig Kilometer quer durch das karge Landesinnere mit dem äußersten Zipfel hier im Süden. Als der Wanderweg vor etlichen Jahren angelegt wurde, haben Maryanne und ihr Mann die Durchquerung versucht und bis auf ein kleines Stück in abweisendem Fels auch bewältigt. Natürlich nicht in diesem Eiltempo, das die jungen Wanderer heute zurücklegen. Sie haben auch nicht im Zelt geschlafen, sondern in Unterkünften und bei Einheimischen, die sie unterwegs getroffen hatten.

Dadurch sind Freundschaften entstanden, die bis heute ihre Gültigkeit haben. Auf dem Pilgerweg von Antigua nach Betancuria trafen sie damals Ricardo, mit Pilgerhut und Wanderstock. Ein Gespräch bahnte sich an. Ja, er war auch schon in Santiago. Ja, und wenn sie in Los Molinos an der Westküste bei ihrer Wanderung von Betancuria über Ajuy nach El Cotillo eine Übernachtungsmöglichkeit bräuchten – er habe dort ein Häuschen, ohne Luxus, Licht, warmes Wasser – sie müssten ihn nur anrufen wegen des Schlüssels ... „Mi casa es tu casa!" All die späteren Jahre haben Maryanne und ihr Mann dort einige Tage verbracht. Ein Ort der absoluten Magie.

Oder Alejandro, der Kleinunternehmer, und Rosa, seine Freundin, aus der Nähe von der Hauptstadt. Alejandro hatte die beiden Wanderer in seinem Lieferwagen mitgenommen, als sie von Tefia kamen, wo sie keine Übernachtungsmöglichkeit gefunden hatten. Damals, als sie die Insel durchquerten. Er hatte sie zu seiner Finca in der Mitte von nirgendwo gebracht, den Generator für den elektrischen Strom angeworfen, Wasser hingestellt, damit sie übernachten konnten.

„Ihr wisst, wo der Schlüssel liegt", hatte er in den späteren Jahren am Telefon gesagt, wenn Maryanne gefragt hatte, ob sie dort nach einer langen Wanderung unterbrechen dürften. Alejandro hatte sie auch zu sich nach Hause eingeladen, zu einer „Romería", einer Pilgerwanderung, zum Karneval. Nach dem Tod ihres Mannes ist diese Verbindung etwas eingeschlafen, weil Maryanne die Finca nicht mehr oft benützte. Die Einsamkeit in der Nacht bei Wind und mit den Mäusen war schon grenzwertig. Einmal hatte sie bei einem Sturm die Vision, die ausrangierten Schaufensterpuppen, die unten im Garten standen, würden um Mitternacht wütend um Einlass bitten. Aber damals war ihr Mann noch mit dabei!

In der großen Sandbucht ist sie heute ganz allein. Auch die organisierten Ausflugsautos sind weggeblieben. Sonst kommen immer vier bis sechs dieser Jeeps, die die Touristen nach Cofete an der Westküste und dann zum Leuchtturm hinausbringen. Ein kleines Mittagessen oder Kaffeetrinken in den verschiedenen örtlichen

Bars. In der Bucht bleiben sie meist eine Stunde. Wenn das Wetter kühl ist, verziehen sie sich gerne wieder in die Autos. Ganz Mutige probieren sogar das doch etwas frische Wasser. Dunkle Wolken ziehen wieder auf. Auch Maryanne packt zusammen und wirft rasch den Poncho über, bevor der Regen herunterprasselt. Aber noch bevor sie beim großen Felsen angekommen ist, brennt die Sonne wieder wohlig herunter. Also umkehren. Es ist ja erst Mittag vorbei. Dreimal lässt sich Maryanne so zum Narren halten, bis sich die Wolken endgültig vertreiben.

Langsam wandert sie über die kleinen Sandbuchten, die schwarzen runden Steine, die die Flut immer erneut auftürmt. Wenn die Sonne wieder durchkommt, legt sie sich an ein windgeschütztes Plätzchen. Eine ungewohnte Mattigkeit überkommt Maryanne. Ihr Wasservorrat geht bedenklich zu Neige. Den Proviant hat sie auch schon aufgegessen. Warum ist der Leuchtturm noch immer so weit weg? Ganz klein erhebt er sich dort am Ende der Insel.

Unterhalb der Wohnwagensiedlung ist ein junger Mann damit beschäftigt, den Grill für das Fleisch herzurichten. Es ist Wochenende. Maryanne bittet ihn um Wasser. Als ihr der Mann die Flasche füllt, lächelt er sie an. Gott, hat dieser Mann wunderbare Zähne! Zum Verlieben!

Eine ältere Frau spaziert mit ihrem Minihund über den Strand. Vergnügt springt er nach dem Stöckchen, das sie ihm zuwirft. Bellend stürzt er sich auf die Beine von Maryanne.

„Er macht nichts!", ruft die Frau. Bald sind die beiden in ein Gespräch vertieft. Nach dem Woher und Wohin. Die Frau – Ophelia mit Namen – wohnt in Morro und kommt oft mit dem Hund hierher. Das Auto steht oben auf der Klippe.

Maryanne setzt sich auf die Steine. Sie ist erschöpft.

„Haben Sie genug gegessen?", fragt Ophelia.

„Wahrscheinlich nicht", meint Maryanne. „Das Wandern strengt mich diesmal an."

„Hier, nehmen Sie dieses Brot", sie kramt in ihrem Rucksack, „und ein Stück Chorizo. Das wird Sie stärken. Und eine Mandarine auch. Soll ich Sie nach El Puertito bringen?"

„Das ist nicht notwendig, danke. Die Wurst und das Brot bringen mich schon auf die Beine. Ich habe ja auch Zeit."

Die beiden Frauen umarmen sich. Maryanne winkt hinauf, als die Frau in ihr Auto steigt.

Nun ist der Rückweg leicht zu bewältigen. Maryanne macht noch ein paarmal Halt, sieht den Surfern zu, die sich von den Wellen akrobatisch an Land treiben lassen, und erreicht ihre kleine Wohnung. Heute hat sie sich einen „Leche–Leche" in der Bar gegenüber verdient. Und einen Kuchen! Ein kleiner älterer Mann sitzt an der Theke.

„Merci", sagt er, als der Barmann ihm den Kaffee herüberschiebt.

„Vous êtes Français?", fragt Maryanne neugierig.

„Non", antwortet der Mann, „ich habe in Frankreich in der Nähe von Grenoble als Maurer gearbeitet. Viele Jahre." Auch er hat keine Frau, keine Kinder. Er erinnert Maryanne an den Mann in Galicien, vor zwei Jahren, als sie den „Camino del Norte" in Spanien gepilgert ist. Er hatte in der Schweiz gearbeitet. Er hatte ihr damals einen Heiratsantrag gemacht.

„Du Witwe, ich ledig – wir passen gut zusammen!"

Maryanne unterhält sich eine Weile auf Französisch. Der Mann wohnt in einem der Caravans, die vor dem kleinen Dorf eine richtige, wenn auch unschöne Siedlung bilden. Angeblich hat man ihnen den Strom abgedreht, um sie zu vertreiben.

2. TAG

Heute Nachmittag war Maryanne bei Mario zu Besuch. Das war der Spanier, den sie im vergangenen Jahr kennengelernt hatte. Letztes Jahr besaß er einen großen Hund. Der war auch der Grund des Kennenlernens, weil der Hund an Maryanne hochspringen wollte. Dadurch kamen sie ins Gespräch. Mario spricht ein wenig Deutsch. Er war mit einer Deutschen verheiratet, als er noch in Deutschland gearbeitet hatte. Die Ehe ging auseinander, zwei Kinder sind da, die ihn in den Ferien besuchen. Seine Frau hatte kein Interesse, auf dieser kargen Insel und hier am „Ende der Welt" zu leben. Mario liebt das Meer, die Ruhe, die Einsamkeit. Arbeit gibt es immer irgendwo. Nachbarschaftshilfe, Kellnern, wenn es nötig ist. Er hat sein Haus direkt neben dem Restaurant von Pepe ganz vorne, mit direktem Blick aufs Meer. Oben hat er es gemütlich ausgebaut, die Zimmer für die Kinder, eine Terrasse, ein nettes Wohnzimmer mit moderner Küche. Maryanne überlegt, ob sie hier leben könnte. Letztes Jahr hatte Mario sie zum Fernsehen – zum deutschen Fernsehen – eingeladen. Damals hatte sie abgelehnt, weil sie ungestört sein wollte, sich nicht mit irgendeiner Sendung ablenken wollte. Das Fernsehen ist der Zeitvertreib Nummer eins fast überall – aber nicht für Maryanne. Mario hat es damals vielleicht als Ablehnung empfunden, weil er sich seit ihrer Ankunft noch nicht gemeldet hat.

Heute ist sie ihm in der Früh begegnet, eher absichtlich, um der Einsamkeit Abhilfe zu schaffen. Er hat seinen jungen Hund dabei gehabt – Amiga – und sie, Maryanne, zum Kaffee am Nachmittag eingeladen. Der alte Hund vom letzten Jahr ist an Nierenversagen gestorben. Mario ist immer den schmalen Steg über die Holztreppe in die Sandbucht beim Dorf hinuntergestiegen, um mit dem Hund zu spielen. Dort war Maryanne noch nie. Der Abbruch der Küste ist so steil, der Steig hinunter ohne Geländer und abschüssig. Maryanne hat in der Bar Apfeltaschen gekauft und zum Kaffee mitgebracht.

„Heute bekomme ich noch Besuch von meinem Cousin. Er bringt eine Freundin mit, die den Vater von seiner Enkeltochter kennt. Eine Deutsche, eine Bekannte vom Schwiegersohn. Die Frau von meinem Cousin ist erst kürzlich gestorben. Sie werden ein paar Tage hier Urlaub machen. Vielleicht kannst du auch einmal herkommen."

Das Alleinsein macht Maryanne immer noch zu schaffen. Sie sehnt sich nach männlicher Bekanntschaft, Freundschaft. Sie braucht die Auseinandersetzung, das Prickeln, die Sympathie, was eine Freundin nicht vermitteln kann. Aber keine Besitzansprüche, eine lose, innige Beziehung, wenn es so etwas gibt. Aber Mario kann sie diese Gedanken nicht vermitteln. Auch hier ist sie wieder die „ältere Frau". Auch wenn sie verhältnismäßig jung wirkt. Mario ist sicher noch keine sechzig, obwohl er in Pension ist. Dennoch hat sich Maryanne auch hier überlegt, ob sie da wohnen könnte. Ob sie ihr Leben mit Sinn und Beschäftigung füllen könnte. Hier in der Einöde. Diese ewige Suche!

In Gedanken versunken wandert Maryanne nach dem Besuch bei Mario noch einmal den Weg der Küste entlang. Sie sucht einen Platz bei den Klippen, um ihre Gedanken aufzuschreiben. Die Wohnung ist ihr zu eng, wenn draußen noch die Sonne scheint. Sie hat ihren gelben Strandrucksack dabei, etwas Wasser, ein paar Kekse – und natürlich ihr Smartphone für ein paar Fotos, und den Poncho, den sie immer im Rucksack mitführt. Man weiß hier nie …

Die Flut war im Kommen. Eigentlich nicht der richtige Augenblick für ihr Unternehmen. Den ganzen Tag hingen die Wolken am Himmel und um die Bergspitzen herum. Erst jetzt bricht die Sonne durch.

Maryanne nimmt die Strecke über die schwarze Playa, die teils mit Sand, teils mit großen runden Steinen bedeckt ist. Die Bucht ist durch einen Felsriegel von der nächsten getrennt. Je nach Wasserstand kann man auf den Steinen – oder bei Ebbe sogar auf dem Sand – herumbalancieren oder auch, wenn man geschickt ist, in geringer Höhe entlangklettern. Diesmal ist das Wasser unten bereits knöcheltief, und die Felsen oberhalb glänzen verräterisch. Die Flutwelle hat bereits da hinaufgespritzt. Maryanne versucht trotzdem, oberhalb des Wassers über die Felsen zu steigen. Seitlich hängt der kleine Rucksack. Mit der linken Hand hält sie das Netz, in dem sich die Wasserflasche befindet, damit es nicht so baumelt. Mit der rechten stützt sie sich auf den Wanderstock, den dicken Bambus, den sie in der Nähe der Bar im Gebüsch gefunden hatte.

Ist sie irritiert, weil sie keine freie Hand hat? Ist es das unsichere linke, schmerzende Knie? Ist der Stock ausgeglitten? Auf jeden Fall rutscht Maryanne vom Felsen ab und stürzt rund einen Meter hinunter in das schon knietiefe Wasser, wobei sie sich den Fuß an einem Fels unter Wasser umknickt, so unglücklich, dass sie ein scharfer Schmerz durchfährt. Halb liegt sie im Wasser, halb im Sand. Der stechende Schmerz nimmt ihr fast das Bewusstsein. Ihr einziger Gedanke ist: Nur aus dem Wasser raus, bevor die nächste Welle an die Felsen klatscht! Aber sie kann nicht aufstehen! Der Schmerz und der Schock lassen das Bein einknicken. Maryanne muss sich mit aller Kraft an den Händen den Strand weiter hinaufziehen und sich mit dem gesunden Bein abstützen. Mit zusammengebissenen Zähnen schafft sie es bis hinauf zu einem niedrigen Felsen im noch trockenen Sand und lässt sich erschöpft hinsinken. Die Hose ist nass, die Schuhe ebenfalls. Aber auch hier wird sie nicht bleiben können. Was ist, wenn sie niemand findet, bevor die Flut ihren Höhepunkt erreicht hat? Also noch weiter nach rechts oben. Dort befindet sich eine kleine Steinburg, dort ist sie sicher. Weiter robben. Der verletzte

Fuß ist nicht zu gebrauchen. Weiter oberhalb führt der Wanderweg vorbei. Ob da jetzt noch jemand unterwegs ist? Oder vielleicht ein Fischer?

Maryanne richtet sich auf und ruft so laut sie kann. Aber der Wind und die Brandung verschlucken ihre Rufe. Die Bahn der Sonne nähert sich bedenklich dem Horizont. Wenn die Sonne untergeht, wird es rasch dunkel. Maryanne kramt in ihrem Rucksack, der Gott sei Dank nicht im Wasser gelandet ist. Die Wasserflasche und das Netz sind noch da, der Wanderstock auch. Hastig kramt sie nach ihrem Telefon. Das hat ja eine Lampe! Rutschend sucht sie sich einen bequemeren Platz zum Sitzen und schaltet das Handy ein. Nein, das darf nicht sein: Maryanne hat vergessen, das Ladegerät anzuschließen! Das Telefon bleibt dunkel!

Wenigstens regnet es nicht. Sie versucht noch einmal die Wellen mit ihren Rufen zu übertönen: „Ayuda! Ayuda! ..."

Maryanne zieht ihre Regenjacke enger an sich. Gott sei Dank hat sie noch die leichte Jacke darunter angezogen. Zu essen ist auch noch da – und bis morgen wird sie doch hoffentlich jemand finden. Wenn nur das Bein nicht so schmerzen würde. Ob sie den Schuh ausziehen soll? Der Knöchel ist sicher geschwollen. Nein, besser nichts bewegen oder angreifen. Sie erinnert sich an eine Skitour in ihrer Studentenzeit mit ihrem damaligen Tiroler Freund. Sie hatte sich den Knöchel im schweren Schnee bei der Abfahrt verletzt und musste damit noch bis ins Tal und mit dem Zug nach Hause fahren. Da war dann der Fuß dick wie ein Fußball!

Gottergeben lehnt sich Maryanne an die kleine Steinmauer, die in ihrer Schwärze mit der Umgebung zu verschwimmen scheint. Der Schaum der Brandungswellen schimmert weiß. Die Lichter der Abendfähre gleiten über den dunklen Horizont. Maryanne fühlt sich wie eine Schiffbrüchige, im Wasser dahingleitend.

Ob sie wird schlafen können? Ob man sie morgen finden würde, oder würde sie sich bis zum Wanderweg hinaufquälen müssen? Ob sie dazu die Kraft aufbringen würde? Die Klippen sind hier runden Hügeln gewichen. Die Wolken geben einen fast vollen Mond frei. Obwohl sich Maryanne in einer solch misslichen Lage befindet, ist sie von der nächtlichen Schönheit der Natur überrascht. Sie muss an den Ausspruch eines Freundes denken, der einmal nach einem Absturz beim Klettern die Nacht im Freien in der Felswand verbrachte. Die Eindrücke der Nacht seien das Schönste gewesen, was er bisher erlebt hatte. Die völlige Einsamkeit in der Natur, das Vertrauen auf Rettung. Und dann der Flug mit dem Hubschrauber.

Oder die sternklare Nacht in Mauretanien, als der kleine Lastwagen zusammenbrach und sie mit der jungen Frau aus Mali auf der Decke im Sand die funkelnden Sterne zählte.

Wenn nur diese Schmerzen nicht wären. Auch an der Hand hat sie eine blutende Abschürfung entdeckt. Irgendwann muss sie aber doch eingenickt sein. Traumgebilde weben um sie herum. Hände, die sich ausstrecken. Stimmen wecken sie wieder aus dem Dämmerzustand. Aber es waren nur die Stimmen der Wellen. Oder die Stimmen aller Leute, die das Meer verschlungen hat. Nachtvögel kreischen in den Felsen. Der Saum der Wellen ist zurückgegangen. Wie viel Uhr es wohl sein mag? Die Armbanduhr von Maryanne hat keine Leuchtziffern. Es ist noch die von ihrem Mann – eine Männeruhr!

Oben in den niedrigen Stauden raschelt es. Die Wasserflasche ist ganz geblieben. Maryanne greift danach und trinkt in großen Zügen. Den Rest gießt sie über ihren Schal, um den geschwollenen Knöchel einzuwickeln. Hat sie Angst, so allein dem Schmerz, der Unsicherheit und der Natur ausgesetzt? Nein, das würde sie nur Energie kosten. Die Gewissheit der Rettung. An die klammert sie sich. Als sie damals im Süden von Mauretanien, als der Pferdekarren einen Platten hatte, mit den jungen Männern auf Hilfe warten musste, hatte sie ihr Führer auch gefragt, ob sie nicht Angst hätte, so allein in der Nacht mit ihrer schwarzen Begleitung? Nein, hatte sie damals geantwortet, sie genieße diese Augenblicke. Ein Nachtvogel schreit irgendwo. Die Lichter der Fischerboote gleiten suchend über das Wasser.

Plötzlich verdunkelt sich der Himmel. Der Mond versteckt sich. Maryanne spürt die ersten Tropfen auf ihrer Hand. Schnell den Poncho aus dem Rucksack heraus und über sich und den Rucksack gestülpt. Hier wechselt im Winter das Wetter sehr rasch. Und schon schüttet der Himmel sein Nass über die durstende Erde. Maryanne duckt sich, macht sich rund und klein. Nur das verletzte Bein bleibt ausgestreckt dem Regen ausgesetzt. Das ersetzt einen Dauerumschlag!

Jede Nacht hat ein Ende, wenn man es einfach geduldig erwartet. Kann man mit dem Zählen von Minuten und Sekunden die Nacht verbringen? In Gedanken schreibt Maryanne Briefe, Geschichten, Mails, Whatsapp-Nachrichten ... Als ob es ihre letzte Nacht wäre. Abschiedsbriefe, Liebesbriefe ... Nur nicht an die Schmerzen und an die Verlassenheit denken. Irgendwann hat sie sich in einen Dämmerzustand gehüllt, aus dem sie der Schrei einer neugierigen Möwe weckt. Als sie sich vom nassen gelben Poncho befreit, setzen gleich die pochenden Schmerzen im Knöchel wieder ein und erinnern sie an ihren misslichen Zustand. Der Himmel beginnt sich mit Grau, das in zartes Rosa übergeht, vom dunklen Meer abzusetzen. Das Wasser steigt bereits wieder. Bald schon wird sich der feurige Sonnenball am Horizont zeigen. Wann werden die ersten Wanderer hier auftauchen? Oder die Fischer? Oder die Wochenendsurfer?

Aber was war das? Sind das nicht Stimmen oben auf dem Wanderweg, die näher zu kommen scheinen? Es sind die Stimmen von einem Mann und einer Frau auf dem Weg zum Strand herunter.

Maryanne dreht sich um, so gut es geht und beginnt wieder laut zu rufen:

„Ayuda! Ayudame!" Das Rauschen der Brandung scheint ihre Stimme zu übertönen.

3. TAG

„Was war das?", fragt Anna. „Hast du das auch gehört?" „Ja, jetzt höre ich es auch", entgegnet Alejandro. „Das kommt von da unten, vom Strand. Komm, gehen wir schauen, was da los ist. Es scheint, da braucht jemand unsere Hilfe!"

Die beiden finden den Abstieg über die schmale Sandrinne, die zu der Bucht hinunterführt, wo Maryanne in der Steinburg Zuflucht gefunden hat. Die Wellen steigen bedrohlich höher, Wind kommt auf. Als sie über die unteren Felsen klettern, entdecken sie die Frau, die ihnen entgegenkriecht, das linke Bein ausgestreckt.

„Hola! He Sie!", ruft Alejandro. „Sind Sie verletzt?"

Als Maryanne die zwei Leute sieht, verlässt sie jede Selbstbeherrschung und bricht in Tränen aus. Sie zittert am ganzen Körper, als Anna sie behutsam in die Arme nimmt.

„Despacio – langsam, descansa – sprechen Sie Deutsch? Alles ist gut. Jetzt kann Ihnen nichts mehr passieren. Können Sie aufstehen?"

„Nein", antwortet Maryanne. „Ich habe die ganze Nacht hier in der Steinburg verbracht." Sie zeigt hinter sich.

„Ich bin am späten Nachmittag hierher gewandert, um zu schreiben, und dann dort bei dem Felsen abgerutscht. Ich wollte zum Strand hinüberklettern, weil die Flut schon so hoch war. Mein Handy hat nicht funktioniert, Rufen hat nichts genützt. Wahrscheinlich ist der Knöchel gebrochen."

„Haben Sie Schmerzen?", fragt Alejandro und nimmt das verletzte Bein behutsam in seine Hand. Der Knöchel ist blau geschwollen.

„Au!", schreit Maryanne auf und fängt gleich wieder an zu weinen.

„Ich wohne in der Wohnung von Lorenzo Martinez, drei Tage bin ich schon hier, aber auch nicht das erste Mal – und jetzt muss mir so etwas Dummes passieren. Haben Sie vielleicht eine Decke dabei, im Auto vielleicht? Mir ist so kalt. Nachts hat es auch noch geregnet!"

„Nein", sagt Anna. „Wir sind frühmorgens zum Sonnenaufgang herspaziert. Wir machen nur ein paar Tage in El Puertito Urlaub. Sind erst gestern Abend gekommen. Keine Sorge, wir rufen Lorenzo an, er wird die Rettung verständigen. Das kann natürlich etwas dauern. Oder vielleicht gleich den Notruf 112. Hier, ziehen Sie sich meinen Anorak an. Mir ist ganz warm."

Maryanne blickt zu Alejandro hinauf, als er ihr den Anorak reicht. „Wir kennen uns doch!", ruft sie erstaunt. „Sie sind doch der Künstler von Tefia, der dort sein Atelier hat. Und Sie haben auch ein Häuschen in Los Molinos. Mein Mann und ich haben immer ein paar Tage im Haus von Ricardo gewohnt, ehe er es an diesen Deutschen, Julius glaube ich, verkauft hat. Nein, wenn das nicht Gottes Fügung ist! Für mich war das Haus ein Paradies. Wir hatten aber nicht das Geld für den Kauf. Und es sollte ja in der Familie bleiben. Die Einheimischen sehen das noch immer nicht so gerne, wenn ihr Land und ihre Häuser in die Hände von Ausländern kommen. Schon gar nicht an einem Ort wie Los Molinos. Wir wussten von der Beziehung von Julius zu Ihrer Tochter."

„Ich glaube, Sie waren einmal in meinem Atelier in Tefia. Meine Versteinerungen haben Ihnen so gut gefallen. Damals haben meine Frau, und meine Tochter noch gelebt. Ist schon ein paar Jahre her. Nun sind beide tot."

Schweigen breitet sich über den Ort des Geschehens. Die Trauer ist spürbar, der Tod überschattet selbst so ein Unglück. Nur das Rauschen der Wellen und die Schreie der Möwen durchbrechen die entstandene Stille.

Alejandro hat inzwischen Lorenzo verständigt, der die Rettungsmaßnahmen in die Wege leiten wird. Er wird sich selbst gleich ins Auto setzen und herkommen. Er hat die genaue Beschreibung weitergegeben.

Alejandro läuft zurück ins Apartment von Maryanne und holt ihr Gepäck. Vieles ist es ja nicht, was er da zusammenpacken muss. Vor allem braucht sie auch etwas zu essen und zu trinken.

Anna hat mit Maryanne am Strand ausgeharrt. Maryanne steht noch immer unter Schock, was auch die Schmerzen verstärkt. Die beiden Frauen konnten ihre Lebensgeschichten austauschen und sich auch gegenseitig Rat und Stütze sein. Anna erzählt vom Tod von Alejandros Frau vor rund zwei Wochen. Anna kommt aus Süddeutschland und Maryanne ursprünglich aus der Bodenseegegend, aber von der österreichischen Seite. Anna ist ja erst kürzlich wieder aus Deutschland zurückgekommen. Alejandro hatte in der Zwischenzeit seine Frau beigesetzt und die notwendigsten bürokratischen Dinge erledigt. Nun freut er sich auf ein paar Tage mit Anna, ohne Immi, seine Enkeltochter, das war so ausgemacht. Beim Leuchtturm sind sie bei einem Cousin zu Gast. Es ist das Haus direkt neben dem Restaurant von Pepe.

„Wohnen Sie dann bei Mario?"

„Ja, das ist der Cousin von Alejandro."

„Nein, wie das Leben verrücktspielt! Mario hat gestern von Ihnen erzählt!" bekräftigt Maryanne.

„Ach, sagen wir doch DU zueinander!"entgegenet Anna.

„Und jetzt seid ihr meine ‚Rettungsengel'. Nicht zu fassen, diese ‚Zu–fälle'!" Maryanne lacht.

Nach geraumer Zeit übertönt das Motorengeräusch des Hubschraubers die herannahende Flut. Er war zufällig in Morro am Hafen stationiert. Er kreist über dem Strand. Alejandro ist in der Zwischenzeit mit Maryannes Gepäck im Auto zurückgekommen. Mario und Pepe von der Bar begleiten ihn. Er steigt auf die Klippen, um dem Hubschrauber die genaue Position zuzuwinken. Aber da es hier weder Häuser noch Bäume oder sonstige Hindernisse gibt, ist die Ortung kein Problem. Der Hubschrauber setzt etwas weiter drüben in der Nähe der Piste auf.

Maryanne fängt wieder an zu zittern.

„Ich habe so einen Hunger! In meinem Rucksack müssen noch ein paar Kekse sein. Bitte reiche sie mir, bis die Leute vom Hubschrauber hier sind!" Zwei Sanitäter eilen mit der Trage über die sandigen, von niedrigen grünen Gewächsen durchsetzten Steine. Der Dritte mit der Tasche dürfte der Notarzt sein. Alejandro spricht auf ihn ein und gestikuliert mit den Händen.

„Sie sind gleich da", meint Anna beruhigend und wickelt den Schal fester um Maryanne. Dunkle Wolken haben bereits wieder die Sonne verdeckt. Maryanne stöhnt erneut auf. Das Wasser hat schon begonnen, sich zurückzuziehen, sodass die Sanitäter die Trage auf dem Sand gleich neben dem Steinrondell abstellen können.

Der Arzt beugt sich zu Maryanne herunter. Er spricht Deutsch.

„Was ist passiert? Ist nur das Bein verletzt oder haben Sie sonst noch Schmerzen?"

„Nein", sagt Maryanne gequält. „Ich glaube, es ist nur das Bein, der Knöchel. Die Abschürfungen an der Hand sind unbedeutend. Die haben wir schon versorgt."

Der Arzt – er stellt sich als Doktor Gonzales vor – betastet den geschwollenen Knöchel. Als er die blaue Stelle fester anfasst, schreit Maryanne vor Schmerz auf.

„Der Knöchel ist ziemlich sicher gebrochen. Wir fliegen Sie nach Puerto del Rosario ins Krankenhaus. Dort wird man den Fuß röntgen lassen und dann die weiteren Maßnahmen verordnen. Ich hänge Ihnen im Hubschrauber eine Infusion an, vor allem gegen die Schmerzen und die Schwellung und gegen die Entzündung. Sie brauchen auch eine Stärkung, haben Sie doch die ganze Nacht hier draußen verbracht."

Maryanne erzählt ihm, dass sie übersehen hatte, das Smartphone aufzuladen.

„Da haben Sie schon mal Glück gehabt, dass die zwei Wanderer so früh zum Strand gekommen sind. So belebt ist dieser Teil der Insel auch wieder nicht, vor allem zu dieser Jahreszeit. Sind Sie privat versichert?"

„Ja, über den Schutzbrief des Automobilclubs in Österreich. Ich möchte eigentlich nicht nach Hause. Ich habe doch für den ganzen Februar ein Apartment in Jandia gegenüber vom Leuchtturm gemietet. Da möchte ich wenigstens den Balkon nützen. Vielleicht ist die Verletzung doch nicht so schlimm."

Die Sanitäter legen Maryanne vorsichtig auf die Trage und marschieren mit ihr etwas mühsam über die steile Sandrinne hinauf auf die Klippen und hinüber zum Hubschrauber. Der Arzt hängt die Infusion an ihren linken Arm.

„Kann ich mit der Frau mitfliegen?", fragt Anna.

„Da muss ich mit dem Piloten sprechen, ob genügend Platz ist. Machen Sie sich keine Sorgen, wir passen schon auf unsere Verletzten auf."

Der Pilot schüttelt den Kopf, als der Arzt ihm seine Bitte vorträgt. Also müssen Anna und Alejandro in ihrem Auto in die Hauptstadt nachfahren. Maryannes Gepäck ist auf dem Rücksitz verstaut. Pepe und Mario bleiben wie kleine winkende Punkte zurück, als der Hubschrauber mit viel Geknatter in die Luft steigt.

Maryanne wäre während des Fluges gerne wach geblieben, um alles so intensiv wie nur möglich zu erleben. Aber erschöpft von der Nacht und eingelullt von den schmerzstillenden Mitteln in der Infusion war sie weggedämmert und kommt erst zu Bewusstsein, als der Hubschrauber auf dem Dach des Krankenhauses aufsetzt. Zwei Sanitäter stehen schon mit einer Trage bereit. Behutsam wird die Verletzte umgebettet und in das Innere des Krankenhauses gefahren.

Eine Schwester nimmt die Patientin in Empfang.

„Ich brauche Ihren Namen, Adresse. Haben Sie diese europäische Versicherungskarte? Hier ist das Patientenblatt zum Ausfüllen. Aber das hat auch nachher Zeit. Im Röntgen werden Sie schon erwartet." Die Frau rasselt ihr Spanisch wie eine Maschinengewehrsalve herunter.

Zwei Pfleger in grünen Hosen und weißen T-Shirts schieben Maryanne in einen Raum, auf dessen Tür auf Englisch „X-rays" steht – „No entry, prohibido el ingreso". Dort wird sie auf den Untersuchungstisch gebettet. Ein Arzt fragt sie auf Englisch nach dem Hergang des Unfalls, befühlt wiederum das Bein und gibt die Röntgenuntersuchung in Auftrag. Maryanne lässt alles über sich ergehen. Die Infusion ist beendet. Sie ist einfach am Ende ihrer Kräfte. Nach Fertigstellung der Röntgenuntersuchung wird sie wieder in das vorhergehende Untersuchungszimmer geschoben. Ein anderer Arzt tritt herein, begrüßt Maryanne knapp und sieht sich die Röntgenbilder am Bildschirm an.

„Sie haben Glück. Eine massive Zerrung der Bänder und eine Fissur im Knöchel. Sie haben gute Knochen, die den Sturz überstanden haben. Sie bekommen jetzt eine dieser modernen Schienen und dürfen eine Woche nicht auftreten. Sie bekommen Krücken. Das müssen Sie halt üben. Natürlich können Sie auch nach Österreich zurückfliegen und sich dort weiter behandeln lassen. Aber Sie können auch uns vertrauen. Wichtig: keine Operation, kein Krankenhausaufenthalt. Haben Sie Verwandte hier? Sie brauchen sicher Hilfe. Sind das Verwandte oder Freunde draußen, die Sie hergebracht haben?"

„Nein, diese zwei haben mich heute früh am Strand gefunden. Wir haben uns nicht gekannt, haben aber zufällig gemeinsame Freunde. Nein, nein, ich komme schon zurecht. Mein Wohnblock hat einen Aufzug."

Draußen am Gang haben in der Zwischenzeit Anna und Alejandro Platz genommen. Maryanne wird in den Gipsraum geschoben, wo man ihr eines dieser Plastikungetüme am verletzten Bein anpasst. Der Arzt schreibt ein paar Rezepte für Schmerz- und Stärkungsmittel auf und wünscht Maryanne alles Gute.

„Nach einer Woche müssen Sie sich hier in der Ambulanz wieder melden, wo wir den Knöchel noch einmal röntgen werden. Dann rufen Sie bitte vorher an. Der Ambulanzwagen wird Sie herfahren."

Ein Pfleger schiebt Maryanne auf den Gang hinaus. Er zeigt ihr zwei Krücken, die sie dann nach einer Woche bei der Kontrolle wieder abgeben kann. So lange darf sie den Fuß nicht belasten oder zumindest nur mit Vorsicht. Mühsam erhebt sich die Patientin und versucht mit Annas Hilfe ein paar Schritte mit den Krücken zu machen. Doch bald lässt sie sich wieder erschöpft in den Rollstuhl sinken.

„Möchtest du nicht doch einen Tag hier bleiben?", fragt Anna besorgt.

„Nein, wenn ich zu Hause in meinem Apartment bin, kann ich mich am Balkon am besten ausruhen!", meint Maryanne. „Vorausgesetzt, ihr könnt mich dorthin bringen?"

„Natürlich, das ist doch keine Frage!", entgegnet Alejandro. „Außerdem haben wir unser Quartier ja auch in dieser Richtung. Wollen wir nicht noch einen Kaffee trinken und etwas essen, bevor wir aufbrechen? Ich sterbe vor Hunger."

Mit dem Lift fahren sie ins Erdgeschoss, wo sich ein kleines Restaurant befindet. Kaffee, ein paar „Bocadillos" mit Salat – da kommt sogar bei Maryanne der Appetit.

„Ich muss die Verwaltung in Jandia anrufen!", fällt Maryanne plötzlich ein. „Heute wäre ja mein letzter Tag in El Puertito gewesen. Vielleicht ist mein neues Apartment schon bezugsfertig? Dann muss ich nicht nach El Puertito hinaus und morgen wieder mit dem Bus zurück!" Sie wählt auf ihrem Mobiltelefon die Nummer von Chris, der Verwalterin. Gott sei Dank geht sie ans Telefon. Maryanne erklärt ihr die widrigen Umstände und erfährt zu ihrer Befriedigung, dass die Wohnung bereits bezugsfertig ist. Der Schlüssel liegt in der Rezeption vom „Hotel Faro" nebenan.

„Wenn es irgendwie geht, werde ich nicht früher nach Hause fliegen. Ich kann ja meinen Balkon genießen und aufs Meer blicken." Zufrieden trinkt sie ihren Kaffee aus.

„Das geht alles auf meine Rechnung!"

In Jandia angekommen ist der Wohnungsschlüssel bei der Rezeption des „Hotel Faro" bereits hinterlegt. Anna und Alejandro sind Maryanne mit ihrem Gepäck und mit den Krücken behilflich. Das Gebäude, in dem sich das Apartment befindet, ist groß und quaderförmig, beige gestrichen. Früher war diese „Casa Atlantica" Teil des „Hotel Faro". Ein Lift, der wie das Schnaufen einer asthmatischen Lunge klingt, bringt sie in den vierten Stock. Als Maryanne die Wohnung betritt, staunt sie über alle Maßen.

„Nein, ist das hier hübsch und elegant! Alles in Weiß! Da trau ich mich ja gar nicht, etwas anzugreifen, geschweige denn zu malen oder sonst wie zu arbeiten."

Durch die Eingangstür betritt man eine kleine Küche, von wo aus man in das Duschbad mit der Toilette und Waschmaschine gelangt. Eine weitere Türe führt geradeaus in einen Wohnraum mit zwei Betten, einem Sofa mit Couchtisch und einer niedrigen Trennwand mit offenen Fächern und einem klappbaren Esstisch. Eine breite Fensterfront mit großzügiger Schiebetür führt auf den Balkon, der die gesamte Breite des Zimmers einnimmt. Welch prachtvoller Blick auf den Leuchtturm und das blau schimmernde Meer. Sogar die Wellen hört Maryanne rauschen. Fast fühlt sie sich so abgehoben wie oben im Turm der Johanneskirche in Saalfeld, wo sie einmal als Türmerin außer Dienst gewohnt hat, um zu schreiben.

„Hier fühle ich mich wohl, auch wenn ich in den nächsten Tagen das Meer nicht so nützen kann. Wollt ihr noch ein Glas Wein mit mir trinken? So schnell werde ich euch nicht mehr sehen. Jetzt bin ich vielleicht auf das Taxi angewiesen!"

„Nein, wir werden aufbrechen. Dein Angebot ist nett, aber die Polizei, weißt du. Wir haben nicht sehr vorschriftsmäßig geparkt. Wir rufen dich an und holen dich ab, damit du zu uns hinaus zum Leuchtturm, zu Mario und wie deine Freunde alle heißen, kommst. Aber allzu lange sind wir nicht in El Puertito. Du musst uns in Los Molinos besuchen, wenn du keine Krücken mehr brauchst. Sonst ist es zu mühsam. Immi wird sich für deine aufregende Geschichte interessieren. Immi ist meine Enkeltochter. Wir werden dich morgen anrufen und fragen, wie du zurechtkommst." Alejandro schaut Maryanne ganz besorgt an.

„Ja, diesen Ort kenne ich doch so gut, darauf freue ich mich besonders. Macht euch keine Sorgen. Der Supermarkt ist gleich dort unten. Ich kenne auch von letztem Jahr ein paar Leute aus der Zeit, als ich mit meinem Mann diese Wohnung in der Wohnanlage gegenüber gemietet hatte."

Die drei umarmen sich. Maryanne begleitet sie mit den Krücken humpelnd zum Lift. Vom Balkon winkt sie ihnen noch nach, als sie zum Auto eilen. „Was für ein aufregender Tag für uns alle", denkt Maryanne.
„Ich gönne mir jetzt ein Glas Wein. Das muss ich feiern, dass alles gut verlaufen ist. Morgen erst werde ich meine Kinder zu Hause anrufen, wenn ich weiß, wie es mir geht mit Krücken, Schmerzen, Einkaufen ..."
In der Zwischenzeit ist es Abend geworden. Maryanne genießt die sich rasch verflüchtigende Abendstimmung mit ihrem Glas Wein und ein wenig Ziegenkäse, der ihr noch geblieben ist. Morgen ist ein neuer Tag. Sie humpelt mit den Krücken ins Bad. Gewöhnungsbedürftig! Dusche gibt es heute keine! Alles erst morgen früh. Das, was sie für Meeresrauschen gehalten hatte, war die Lüftungsanlage des „Hotel Faro". Sie hat ja Oropax. So still wie am Ende der Insel wird es hier wohl nicht sein. So rasch findet Maryanne auch keine Ruhe. Ist es der „Gipsfuß", die Schmerzen, die sich trotz Tabletten bemerkbar machen, die neue Umgebung, die überstandene Aufregung? Auf jeden Fall wechselt sie unter Mühen mehrmals die Betten, legt sich auf das Sofa. Nirgendwo findet sie diese Ruhe wie in der alten Wohnung von Lorenzo. „Mein Gott! Da zahle ich so viel Geld für Luxus, der nicht notwendig wäre – und kann nicht schlafen."
Das linke Knie fängt nun auch an, schmerzhaft zu pochen. Da hilft nur der Umschlag mit kaltem Wasser. Und eine Tasse Tee zum Wieder-Einschlafen.
Aber alles geht vorüber, ganz besonders schlaflose Nächte.

4. TAG

Etwas zerschlagen erwacht Maryanne nach der unruhigen Nacht. Sich an der Wand entlang stützend und auf einem Bein balancierend erreicht sie die Schiebetür. Dunkelheit liegt über dem Meer, als sie den schweren blauen Vorhang vor der großen Scheibe aufzieht. Noch nicht sieben Uhr! Die Kehrmaschine lärmt auf der „Avenida". Beim Hintereingang vom „Hotel Faro" werden schon die ersten Waren angeliefert.

Maryanne angelt sich die Krücken, um ins Badezimmer zu gelangen. Das geht eigentlich schon ganz gut. Mit ein wenig Konzentration. Die Toilette bietet einen praktischen Sitz zum Waschen, Anziehen, Zähneputzen. Wieder nur Katzenwäsche. „Ich bin zu müde, um mich um eine gute Platzierung in der Dusche zu bemühen. Hocker gibt es keinen. Früher haben sich die Menschen auch nur gewaschen, wenn überhaupt."

In der Zwischenzeit ist die Sonne wie ein rotgelber Ballon aus dem Dunststreifen über dem Meer aufgetaucht. Die Helligkeit kommt hier ganz rasch.

„Jetzt einmal ein gutes Frühstück! Der Unfall hat auch etwas Gutes. Ich muss nicht zu ‚Burg', diesem Steinrondell, das als Windschutz dient, hinauseilen, aus Angst, jemand anderer hat sie schon besetzt. Dieses Besitzdenken. Jetzt kann ich hier einfach die Sonne und den Ausblick genießen. Vielleicht ist es einmal wichtig für mich, zur Ruhe zu kommen. Ohne Gewalt von oben ist es nicht möglich."

In der kleinen Küche gibt es eine Kaffeemaschine. Filter sind von den Vormietern im Oberschrank. Maryanne hat noch ihren Pulverkaffee von El Puertito mitgebracht. Heißes Wasser genügt. Geschirr, Tischtücher … in den Kästen findet sie alles. In ihrem

Proviantsack entdeckt sie noch etwas Brot, Marmelade und den Ziegenkäse. „Nach dem Frühstück werde ich die Krücken nehmen und einkaufen gehen. Nur nicht in der Wohnung hocken", denkt Maryanne. „Und wie lange muss ich diese Plastikschale am Bein tragen? Das steht doch auf dem Zettel. Was?! Zwei Wochen? Nein, wenn es mir gut geht, werde ich ins Gesundheitszentrum fahren und mir dieses Ungetüm abnehmen lassen. Ich kann doch mit dem Taxi fahren."

Wie heißt denn der nette Chauffeur? Ach ja, der Emilio! Den wird sie anrufen. Letztes Jahr haben sie sich öfters draußen bei den Burgen getroffen. Er fiel Maryanne auf mit seiner schwarzen lockigen Haarpracht, dem geschmeidigen Körper. Er ging auch völlig ungeniert „desnudeo" ins Wasser, saß oft im Sand und schaute in die Wellen. Zu Mittag ging er weg, um zu arbeiten. Oft waren die beiden gemeinsam in der Flut, wie Kinder sich in den Wellen tummelnd. Danach borgte er ihr sein großes Handtuch zum Abtrocknen. Und dann lud er sie zum Abendessen ein. Maryanne hatte sich sein Apartment gemütlicher vorgestellt. Der riesige Fernseher war angeschaltet, als ob er, Emilio, das Alleinsein fürchtete. Er rauchte sehr nervös seine selbstgedrehten Zigaretten, trank sein Bier. Für Maryanne war es spannend und ungewohnt, mit so einem jungen Mann zusammen zu sein. Sie schenkte ihm damals eine ihrer „Felsmalereien", die „Nackte Frau". Sie ließ sich seine Zuneigung gerne gefallen. Leben aus dem Augenblick. Maryanne würde ihn gern wiedersehen, freundschaftlich natürlich!

Maryanne hat sich ganz in ihre Erinnerungen verirrt.
    Halt, stopp! Keine voreiligen Pläne. Sie ist ja noch keine vierundzwanzig Stunden aus dem Krankenhaus heraus. Das Telefon klingelt. Lorenzo Martinez erkundigt sich mitfühlend nach ihrem Befinden. Ob sie etwas bräuchte?
    „Ich habe nichts mehr draußen im Apartment. Ja, nächstes Jahr um dieselbe Zeit möchte ich wieder dort wohnen … Wir treffen uns auf der Promenade, um fünf Uhr. Gracias, adiós …!"

Aufatmend setzt sich Maryanne auf das grau bezogene Sofa, das sie gestern mit einer karierten Decke geschützt hat. Nur keine Flecken machen beim Essen oder Malen. Soll sie ihre Familie von dem Unfall verständigen? Nein, die würden sich nur unnötige Sorgen machen. Jetzt aber nichts wie los!

Maryanne nimmt ihre Krücken, das kleine Netz, ihr Geld und das Mobiltelefon. Der Lift bringt sie problemlos hinunter. Das abschüssige Stück Straße bis zum Supermarkt ist etwas schwieriger zu bewältigen. Einkaufen möchte sie erst zum Schluss. Als sie an der Boutique „Paula's" vorbeihumpelt, sticht ihr im Schaufenster ein grünes, weites Kleid in die Augen. Es lässt sie nicht mehr los. Sie ist ja nur mit ihrem Rucksack unterwegs. Hat wieder alle schönen Kleider, die sie sich meist hier in Fuerteventura im Ausverkauf erstanden hat, aus Platz- und Gewichtsgründen zu Hause gelassen. Vielleicht mit heimlichen Hintergedanken? Nicht daran denkend, dass diese neuen Kleider nicht unbedingt ins kühlere, engere Tirol passen?

Aber plötzlich hat Maryanne keine Lust, vier Wochen nur von einem T-Shirt ins andere zu pendeln und wieder zurück. Sie hat nur zwei mit. Da sieht sie die Ladenbesitzerin, die gerade ihr Geschäft aufsperrt. Diese kann sich an Maryanne erinnern, weil sie sich vor Jahren einmal einen „Fetzen" gekauft hatte. Anprobieren, sich vor dem Spiegel bewundern, kaufen. Visa zahlt alles! Gerade eben wegen des verletzten Fußes. Ein kleines Trostpflaster.

„Gott, das steht Ihnen aber gut", ruft die Frau und lässt zehn Euro vom Verkaufspreis nach.

„Und was sagen Sie zu diesem Blazer?" Die Frau hält Maryanne eine schwarze Jacke hin, die mit Pailletten bestickt ist.

„Nein, das ist nicht mein Stil, aber dennoch vielen Dank!"

Sie würde Maryanne total verwandeln, wenn Maryanne das Geld dafür ausgeben wollte.

„Kommen Sie nächste Woche wieder!", sagt die Besitzerin. „Ich habe eine tolle Hose für Sie. Ich möchte die Dinge, die ich nicht verkaufen kann, verschenken!" Welche Großzügigkeit!

Maryanne kehrt in ihr Apartment zurück, um sich das neue Kleid anzuziehen und sich den Pilgerhut aufzusetzen. Sie möchte unbedingt nach Morro. Sich beweisen, dass der verletzte Fuß ein kaum erwähnenswertes Hindernis darstellt. Inzwischen ist es fast Mittag geworden. Der Fuß schmerzt plötzlich, eine ungeahnte Müdigkeit nimmt von Maryanne Besitz. Sie muss sich auf das Sofa legen und schläft auch sofort ein.

Das Klingeln des Mobiltelefons weckt Maryanne aus ihrem kurzen Mittagsschlaf.

„Hola, qué tal?" – Es ist die tiefe Stimme von Alejandro. „Wie geht es dir?"

„Ach, ganz gut. Ich habe gerade geschlafen. Nein, einkaufen war ich noch nicht. Oh ja, doch! Aber nicht im Supermarkt. Ich habe mir in der Boutique da unten, bei „Paula's", ein grünes Kleid gekauft. Als Trost sozusagen! Aber jetzt werde ich losziehen und in Morro eine Kleinigkeit essen und dann einkaufen. Adiós … Ja, am Wochenende wäre es gut. Dann komme ich nach Los Molinos. Auch mit Krücken. Bis Tefia kann ich mit dem Bus fahren. Da treffe ich vielleicht meinen Lieblingschauffeur, der auch schon meinen Mann gekannt und wegen seiner Leistungsfähigkeit so bewundert hatte."

Entschlossen nimmt nun Maryanne ihre Krücken und macht sich auf den Weg. Anstrengend ist es schon. Mehrmals muss sie sich auf der Promenade auf eine Bank setzen. In ihrem grünen Kleid, dem weiten Pilgerhut aus Bilbao, den Krücken und dem blauen Pseudogips am linken Fuß zieht sie die Blicke der Passanten auf sich. Manche mitleidig, manche neugierig, aber viele auch ermutigend und anerkennend.

Auf der Promenade vor der steilen Sanddüne haben sich vom nächtlichen Regen Pfützen gebildet. Maryanne weicht ganz zum Rand neben der Palmenallee aus, hat natürlich dort mit ihren Krücken wenig Platz, da ihr etliche Leute entgegenkommen, die auch den Pfützen ausweichen. Plötzlich steht sie vor einem Mann, der sie behutsam an ihren Schultern an sich vorbei schiebt.

„So haben wir beide mehr Platz", lächelt er freundlich.

„Wo haben Sie denn Ihren schicken Schuh gekauft?", fragt er mit einem verschmitzten Lächeln.

„Oh, die gibt es im Krankenhaus in der Hauptstadt zu kaufen", entgegnet Maryanne schlagfertig. „Und einen Stock dazu, um sich Platz zu verschaffen." Sie deutet auf die Krücken.

Der Mann lacht. Er ist nicht allzu groß, seine Haare leicht gelockt und schwarz. Schon älteren Datums, wenn die Silberfäden in seinem Haar auf sein Alter schließen lassen. Ein eher südländischer Typ.

„Setzen wir uns auf eine Bank, Sie gefallen mir. Das Gehen mit diesem Schuh und auf drei Beinen ist sicher ermüdend. Wie haben Sie das denn angestellt?"

Die beiden lassen den Strom der entgegenkommenden Passanten vorbei und setzen sich auf die nächste freie Bank unter den Palmen.

„Na ja", denkt Maryanne. „Schon wieder einer auf der Herzensbrechertour. Aber so sieht er nicht aus, eher aufrichtig. Kein Aufreißer. Dennoch, Herz, sei wachsam!"

„Nun, das hat mit einem Abendspaziergang in El Puertito begonnen. Ich wollte eigentlich einen romantischen Platz zum Schreiben suchen. Es war überall so windig letzte Woche."

Maryanne erzählt kurz, wie sich der Unfall zugetragen hat, von der mangelnden Handyverbindung, vom Felsen, von der Nacht am Strand, dem Sternenhimmel, dem Regenschauer, der Fußverletzung und schließlich, wie Anna und Alejandro sie gefunden haben.

„Entschuldigung, das klingt fast kitschig, wie in einem der Filme von Rosamunde Pilcher. Wenn nicht diese furchtbaren Schmerzen gewesen wären und ich jetzt beeinträchtigt in meiner Aktivität – es wäre ein ganz großartiges Erlebnis gewesen."

Der Mann hat ihr aufmerksam zugehört.

„Ich würde mich gerne länger mit Ihnen unterhalten. Sie sind so ein Lichtblick heute", erklärt er, „aber ich muss zu meiner Musikprobe ins ‚Hotel Faro'. Da geben wir heute Abend ein Konzert. Schade, es ist nur für die Hotelgäste." Er zeigt auf seinen schwarzen gepolsterten Sack.

„Ich spiele Saxofon."

„Ja, so etwas dachte ich. Wissen Sie, gestern am Abend habe ich sehr stimmige Musik gehört, von irgendwoher in der Nähe. Angenehm, nicht nur die brummigen Bässe vom Keybord und den Lärm vom Schlagzeug. Sind Sie Musiker?"

„Nein, nicht ausschließlich. Ich habe in Deutschland studiert, unter anderem auch Musik. Ich habe dort unterrichtet."

„Ach, deshalb wechseln Sie immer hin und her zwischen Deutsch und Spanisch. Ich dachte, dass Deutsch nicht zu Ihrem Äußeren passt."

„Im Übrigen – ich bin Enrique." Er reicht Maryanne höflich die Hand.

„Und ich bin Maryanne – ich spreche es gerne französisch aus, das klingt in meinen Ohren angenehmer. Machen Sie hier Urlaub?"

„Nein, seit meiner Pensionierung wohne ich hier. Ich musste in Deutschland den jüngeren Kollegen und Kolleginnen Platz machen. Und hier lässt es sich angenehmer leben. Nicht so stressig. Und dann die Wärme! Ich habe hier auch noch alte Freunde. Ich bin ja in Morro geboren."

„Warum sagt er nichts von einer Frau? Der war doch sicher verheiratet. Jetzt wahrscheinlich geschieden" – denkt Maryanne. Meist wollen die deutschen Frauen nicht ewig hier leben. „Könnte ich das?" – spinnt sie den Gedanken weiter.

„Meine Frau will nicht dauerhaft hier leben. Wir sind getrennt. Wer weiß, was da noch alles wird. Kinder haben wir keine."

Ein Schatten legt sich auf sein vorher lebhaftes Gesicht. „Warum lerne ich nie jemanden kennen, der frei von Beziehungen ist – frei für mich?", geht es Maryanne durch den Kopf.

„Ich muss jetzt aufbrechen. Haben Sie morgen Nachmittag Zeit, wenn es kühler wird? So um fünf Uhr hier auf dieser Bank. Können Sie so weit laufen? Rufen Sie mich an, wenn es Schwierigkeiten gibt. Ich hole Sie dann mit dem Taxi. Hier ist meine Telefonnummer!"

Er kramt eine zerknitterte Visitenkarte aus seiner Hosentasche und reicht sie Maryanne.

Er wirft ihr noch eine Kusshand zu und taucht bald im Strom der Promenierenden unter.

Maryanne sitzt wie betäubt eine Zeit lang auf der Bank und denkt über die Begegnung nach. Der Fuß beginnt zu schmerzen, weshalb sie ihn auf die Bank legt.

„Warum nehme ich mir kein Taxi? Vielleicht treffe ich Emilio – um mich abzulenken! Und einkaufen muss ich, sonst habe ich nicht einmal Brot zu Hause."

An der „Avenida" hält Maryanne ein Taxi auf. Es geht einfach nicht. Sie ist zu erschöpft. Der Taxifahrer ist zwar nicht Emilio, aber sie lässt ihm Grüße ausrichten.

„Emilio no más trabaja con los taxis. Él es un conductor de los autobuses ‚Torres'", erklärt er.

Beim Supermarkt steigt Maryanne aus. Wenn sie nur das Wichtigste einkauft wie Obst, Milch, Kaffee, Tomaten, Käse, Schokolade ..., wird sie es schon zu ihrem Wohnblock schaffen. Zum Schluss ist es zwar steil ..., aber da kommt zufällig der marokkanische Hausmeister von ihrem Block und trägt ihr die Plastiktasche bis zum Lift. Gestern bei ihrer Ankunft hat er beim Aufgang die Lichter neu montiert. Sie hat ihm kurz von ihrem Unfall erzählt, dass sie jetzt die Wohnung oben im vierten Stock neu mietet, und Anna und Alejandro vorgestellt. So einfach ist das Einkaufen doch nicht. Sie muss sich eine Tasche zum Umhängen organisieren. Es wird nicht täglich jemand da stehen und ihr Gepäck tragen.

Abendstimmung auf dem Balkon. Blutrot geht die Sonne unter. Maryanne erahnt sie nur, weil die höheren Gebäude links vom „Hotel Faro" die Sicht verstellen. Da hätte sie zum Leuchtturm am Strand hinauslaufen müssen, wie sie es in den früheren Jahren gemacht hatte, als ihr Mann noch lebte. Da war sie geradezu süchtig nach den Sonnenuntergängen. Jetzt flüchtet sie sich ins Bett, nachdem sie sich das einfache Abendessen mit Salat, Ziegenkäse und einem Glas Wein zubereitet hat. Eine Schmerztablette, ein spannendes Buch, in dem die agierenden Personen das Leben leben, das Maryanne im Augenblick verwehrt ist: Liebe, Gesundheit, Jugend ... Sollte das alles schon vorüber sein?

5. TAG

Die Nacht ist natürlich nach dem ersten Schlaf der Erschöpfung unterbrochen wie immer. Mitternacht kaum erst vorüber. Kein Wunder, wenn sie gegen zwanzig Uhr schon eingeschlafen ist! Das unverletzte Knie meldet sich zu Wort. Aufstehen, einen Umschlag mit kaltem Wasser machen, noch eine Tablette schlucken, einen beruhigenden Tee kochen. Von der Wohnung nebenan kommen laute Geräusche wie Möbelrücken, das Weinen eines Kleinkindes. Heftige Gespräche. Gestern sah sie kurz eine kleine dunkelhaarige Frau auf dem Balkon telefonieren. Maryanne fühlt sich sehr leicht gestört, gerne hätte sie eine Art Bannkreis gegen Lärm um sich. Nicht der alltägliche Lärm von der Straße, nein, etwas gegen den Lärm von der unmittelbaren menschlichen Umwelt. Von diesem fühlt sie sich gestört, weil er versucht in ihre Aura einzudringen. Ein Schluck Whiskey aus der Flasche, die sie am Flughafen erstanden hat, kann auch nicht schaden, denkt Maryanne. Irgendwann ist sie doch wieder eingeschlafen.

Was wird der neue Tag bringen? Nein, kein Balkonien! Der Strand lockt nach dem Frühstück. Jetzt ist er noch leer, gehört den Joggern und Naturliebhabern, den Frühaufstehern. Aber als Maryanne den Steg zum Leuchtturm hinaus humpelt, muss sie feststellen, dass sie mit Krücken am Strand im Sand nicht gut laufen kann. Schon gar nicht, wenn sie mit dem verletzten Bein nicht auftreten kann. Ja, sie vermisst die Freiheit, die sie immer überkommt, wenn sie nach dem Aufenthalt in ihrer Steinburg den langen Strand entlangwandert. Die Freiheit des Meeres, die Wellen, manchmal stürmisch, manchmal sanfter. Die Luft vibrierend, die Menschen sich im Wasser spiegelnd. Die Kinder in ihrer angeborenen Heiterkeit und Unbeschwertheit, springend, rennend, spielend, Sandburgen bauend, die die nächste Flut wieder mit sich nimmt. Die Möwen sitzen ruhig zwischen den Badenden, die Köpfe alle in eine Richtung, gegen den Wind, gerichtet.

Auf der Promenade kommt Maryanne ganz gut vorwärts. Beim Hotel „Aldiana", wo die Felsen beginnen, kann sie sich hinsetzen, dort auf die Bank, von der aus man die Surfer gut beobachten kann. Groß ist ihr Bewegungsradius nicht, das sieht sie jetzt. Nein, nach einer Woche muss dieser Plastikschuh weg! Zumindest auftreten wird sie wohl können. Maryanne ruht sich aus. Mitleidige Blicke streifen sie. Sie hat ja ihr neues grünes Kleid angezogen, den Pilgerhut aufgesetzt, das macht zusammen mit dem unförmigen Plastikschuh eine auffällige Erscheinung. „Morgen werde ich mit dem Bus ein Stück fahren, dort komme ich besser zum Strand.", beschließt sie.

„Ach, hallo, was machen denn Sie da?" Es ist die Stimme von Enrique, die sie plötzlich aus ihren Betrachtungen reißt.

„Das kann ich genauso fragen. Sie scheinen vom Joggen zu kommen. Instrument haben Sie keines auf dem Rücken!"

„Ja, ganz richtig. Ich laufe hier immer in der Früh. Heute bin ich spät dran, weil das Konzert doch anstrengend war."

„Ja, in meinen besten Zeiten konnte ich auch bis zur Burg laufen, um sie zu reservieren. Einmal hat jemand meinen schönen Schal herausgenommen und behauptet, da lag keiner drin. Jetzt jogge ich in der Früh nicht mehr. Irgendwie bin ich fauler geworden – und mit meinem Bein geht gar nichts. Ich sitze wie eine Pensionistin auf der Bank und schaue den Leuten zu."

„Ich wandere mit Ihnen zurück. In der Langsamkeit liegt die Kraft! Jetzt wäre es auch Zeit für einen Kaffee. Haben Sie Lust? In der Bar beim Leuchtturm. Da kann man so schön auf das Meer schauen. Heute wird die Flut sehr hoch. Es ist Vollmond. Waren Sie einmal da, als gleichzeitig zur Flut auch ein Sturm mit Regen und Überschwemmung geherrscht hat?"

„Ja, das war ein- oder zweimal. Die Liegestühle hat es weggeschwemmt, das Wasser reichte fast bis zur Promenade. Ganz Unvernünftige mussten aus der überschwemmten Naturschutzzone gerettet werden, weil sie dort in den tiefen Löchern fast ertrunken wären. Sie haben geglaubt, dort ein besseres Durchkommen zu finden. Die Touristen kamen scharenweise zu diesem Spektakel. So etwas muss man erlebt haben. Am nächsten Tag waren die Bars am Strand weiter hinten geschlossen und die Angestellten mussten den Schlamm, der aus den Barrancos durch die Buden geflossen ist, wegschaufeln. Bald danach sind die Cafés am Ufer abgerissen worden und in einheitlicher Langeweile weiter hinten aufgebaut worden. Jetzt schauen alle gleich aus. Nicht mehr so urig!"

Die beiden erreichen den Steg zum Leuchtturm. Maryanne ist sehr müde. Dieses Humpeln strengt an.
„Ich nehme einen ‚leche leche' und ein Sprudelwasser."
„Wollen Sie nicht auch etwas essen? Also ich habe Hunger, es ist ja schon bald Mittag. Zum Schwimmen wird es kühl, die Sonne verschwindet hinter den Wolken. Es ist ja für Abend Regen angesagt. Aber kein Unwetter."
Maryanne bestellt sich eine kleine Portion Salat mit einem Knoblauchbrot. Enrique ein Bier und eine Omelette. Schweigend widmen sie sich ihrer Mahlzeit. Immer wieder mustert er verstohlen Maryanne, die das aber zu ignorieren versteht.
„Ich werde nachher in mein Apartment verschwinden. Balkonien, solange die Sonne scheint. Was wäre, wenn wir unser Nachmittagstreffen auf morgen verschieben? Ich muss zum „Chinesen", diesem Geschäft mit den billigen Waren. Ich möchte mir ein Garn kaufen. Heute aber ist es mir zu viel. Mein Bein schmerzt. Eigentlich beide.
Also morgen um siebzehn Uhr?"
Enrique ist ein wenig enttäuscht, lässt es sich aber nicht anmerken.
„Ich verstehe ja, dass das Ganze beschwerlich ist. Morgen geht alles besser, wenn wir nicht Sturm bekommen. Es sieht nicht gut aus. Aber ich rufe Sie an. Versprochen?"
„Versprochen!"

Maryanne verabschiedet sich hastiger als sie es vorhatte. Sie möchte der Faszination von Enrique entkommen. Nicht schon wieder Enttäuschungen! Irgendwie geht alles zu schnell. Es ist für Maryanne, als eile sie von einer Beziehung zur nächsten, ohne Atem zu holen. Es ist nicht, dass sie nicht alleine leben könnte, aber sie braucht Nähe, Kontakt, Kommunikation – Liebe auch?

6. TAG

In der Nacht prasselt der Regen an die große Fensterscheibe der Schiebetür. Morgens ist der Balkon überschwemmt. Der Abfluss im Boden ist verstopft. Maryanne stülpt einen Plastiksack über ihren Plastikschuh und bemüht sich, das Abflussloch frei zu bekommen. Es ist fast nicht möglich, den verletzten Fuß nicht aufzusetzen. Das Meer draußen wälzt riesige Wassermassen gegen den Sandstrand. Die Sturmflut, vor der gestern gewarnt wurde. Maryanne schiebt Tisch und Stühle aus der Nässe und verschließt die Balkontüre. Wenn es so regnet, kann sie nicht mit den Krücken zur Promenade humpeln. Aber vielleicht hört die Sintflut auf. Durch das Fenster sieht sie Feuerwehrautos fahren, Polizei mit Blaulicht, alle Richtung Morro. Wahrscheinlich ist dort bei den Bars der Barranco übergegangen. Am Strand sind die Liegestühle aufeinander getürmt und weiter herausgezogen worden. Die Wogen haben bereits die Düne bei der Bar „El Faro" überflutet. Die Bar selbst steht erhöht, ihr können die Wassermassen nichts anhaben. Das Naturschutzgebiet steht bereits unter Wasser. Schaulustige drängen sich auf dem Holzsteg zum Leuchtturm zusammen und werden von den Ordnungshütern zurückbeordert.

Das Telefon läutet. Es ist Enrique.

„Qué tal? Wie geht es bei diesem Regen und Sturm? Haben Sie alles zu Hause? Ich nehme an, dass Sie schlecht hinausgehen können mit Ihren Krücken. Passt es Ihnen, wenn ich mit einer Pizza für Mittag vorbeikomme? Drinnen ist es bei diesem Wetter gemütlicher als auf einer Parkbank. Vielleicht wird das Wetter besser, dann können wir uns gemeinsam die Wassermassen ansehen. Das ist schon spannend. Die Flut hat sich bis zu den Geschäften ihren Weg gebahnt! Das kommt alle paar Jahre einmal vor. Wenn die Sonne wieder kommt, trocknen die Wassermassen im Naturschutzgebiet rasch auf. Auf den Straßen bleibt ein wenig Schlamm zurück."

Maryanne muss nach diesem Wortschwall zuerst einmal verschnaufen.

„Con alegría, da freue ich mich!", antwortet sie und ihre Augen blitzen. Keine Vorbehalte, keine Ängste. „Ich werde das Leben genießen, solange es möglich ist", beschließt sie bei sich.

„Also um zwölf Uhr! Ich habe noch gar nicht richtig gefrühstückt. Da werde ich hungrig sein."

Als Maryanne auf die Uhr sieht, ist es schon nach zehn Uhr. Der Regen hat nachgelassen, die Wellen drängen immer noch an Land.

Trotzdem macht sich Maryanne noch schnell eine Tasse Kaffee, nimmt eine Banane aus der Obstschale, packt ihr Smartphone in einen Plastiksack und dann in die Umhängetasche. Den Poncho steckt sie zur Sicherheit auch noch ein. Und die Krücken, die ist sie ja schon gewöhnt.

„Ich möchte nur meine Beine bewegen. Bis zur Promenade werde ich es schon schaffen. Dort kann ich auf Enrique und seine Pizza warten." Mit diesen Gedanken fährt sie mit dem Lift hinunter und verlässt das Haus. An der Promenade ist es, wie Enrique es beschrieben hat. Überall Wasser. Die Polizei hat den Steg zum Leuchtturm mit Plastikbändern abgesperrt. Maryanne muss vor dem Supermarkt warten. Die Leute heben ihre Smartphones in die Höhe und fotografieren mit Begeisterung das nasse Schauspiel.

Plötzlich kreist ein Hubschrauber über dem Leuchtturm und kommt in die Nähe der Promenade. Ein Rettungswagen bahnt sich den Weg durch die Wasserlacken auf der Straße. Er bremst dort, wo der Taxistand ist. Sanitäter springen heraus und eilen über die abgesperrte Brücke. Nun sieht man es: Im Naturschutzgebiet hält ein Mann eine Frau, die immer wieder den Boden unter den Füßen zu verlieren droht. Ein zweiter versucht, ihm zu Hilfe zu kommen. Wahrscheinlich hat die Frau vom Strand her die Abkürzung durch das Gebüsch im Naturschutzgebiet nehmen wollen und ist dabei in ihrer Unkenntnis der Umgebung in die tiefen Löcher zwischen den Büschen geraten. Jemand muss trotz des Lärmpegels des Wassers die Hilferufe gehört haben und zu ihr geeilt sein. Mit Hilfe der Rettungsleute gelingt es, die Frau sicher aus den gefährlichen Untiefen herauszuholen.

Als die Gruppe bei der Promenade ankommt, erkennt Maryanne Enrique, der die Frau unter den Armen hält. Er ist der Held der Stunde. Die erschöpfte Frau wird in eine Decke gehüllt und ins wartende Rettungsauto gesetzt, das dann mit ihr Richtung Gesundheitszentrum fährt.

Enrique unterhält sich noch mit den Polizisten. Er wirkt abgekämpft und erschöpft. Da sieht er Maryanne.

„Gott sei Dank! Darf ich zu dir unter die Dusche und mich umziehen?" Ein Sanitäter reicht ihm einen der roten Uniformanzüge.

Maryanne nimmt ihn am Arm, gibt ihm den Schlüssel zum Apartment und eilt, so rasch es ihr Bein zulässt, in den Supermarkt, um die Pizza zu kaufen.

Als Maryanne in ihr Apartment zurückkehrt, sitzt Enrique bereits auf dem Balkon. Der kleine Tisch ist gedeckt, eine Flasche Wein geöffnet. Er springt auf, als Maryanne den Balkon betritt.

„Komm, ich wärme die Pizza. Früher habe ich auch in den Ferien als Kellner gearbeitet. Ruhe du dich aus!"

Bald schon verströmt die Pizza einen appetitanregenden Duft. Schweigend sitzen die beiden im eher blassen Sonnenlicht und genießen die einfache Mahlzeit. Der Wein verbreitet eine schläfrige Stimmung. Enrique erzählt, wie er auf das Schreien der Frau aufmerksam geworden ist. Sie stand in einem der Wasserlöcher zwischen den Salzbüschen, das Wasser bis zum Hals. Er hat sich durch das Wasser zu ihr durchgearbeitet. Sie hatte sich in ihrer Panik so an ihn geklammert, dass er Mühe hatte, nicht selbst unterzugehen. Es sei ihm dann noch ein anderer Mann zu Hilfe gekommen. Gott sei Dank sei der Frau nichts passiert.

„Hast du etwas dagegen, wenn ich mich ein wenig aufs Sofa lege? Die Rettungsaktion hat mich erschöpft. Heute Abend muss ich wieder Musik machen. Nicht im ‚Faro' diesmal, sondern im Café am großen Platz. Manchmal treten dort Sänger auf, heute sind wir dran."

„Ach ja, ich weiß, wo das ist, dort haben vier Männer einmal einfach nur miteinander traditionelle Musik gemacht, gesungen und Gitarre gespielt. Der Wirt hat auch immer wieder mitgesungen. Ich bin lange dort bei meinem ‚Ronmiel' gesessen und habe ein Video aufgenommen."

Enrique macht es sich auf dem Sofa bequem, nachdem er das Geschirr in die Spüle gestellt hat. Maryanne sitzt noch lange auf dem Balkon und sieht den strömenden Wassermassen zu. Ihre Gedanken kehren zu den Freundschaften und Lieben zurück, denen sie seit dem Tod ihres Mannes begegnet ist. Alle sind gekommen – und wieder gegangen. Warum hat sie keine halten wollen? Halten können? Warum hat keiner sie gehalten? Will sie in ihrem Unterbewusstsein allein sein?

„Wie spät ist es denn?!" Ein Aufschrei von Enrique reißt Maryanne aus ihren träumerischen Betrachtungen.

„Dios mío, ich muss ja in die Probe! Die hätte ich ganz vergessen! Was hast du für einen beruhigenden Einfluss auf mich!", sagt er zu Maryanne und legt seinen Arm auf ihre Schulter.

Maryanne wendet sich herum und berührt leicht sein Gesicht.

„Wir sind beide einsam und bedürftig", sagt sie leise und wendet ihr Gesicht ab. Er soll ihre Tränen nicht sehen.

„Also am Abend in der Bar!", ruft Enrique vom Eingang aus, bevor die Tür ins Schloss fällt. Maryanne winkt ihm vom Balkon aus zu, als er sich unten vor dem Supermarkt noch einmal zu ihr heraufwendet. Hat sie sich etwa schon wieder verliebt? Herz, beruhige Dich!

Maryanne kocht sich einen Kaffee und wäscht das Geschirr ab.

Gegen sieben Uhr abends humpelt Maryanne mit ihren Krücken zum Taxistand, damit sie ein Taxi nach Morro bringen würde. Und wer sitzt im ersten drin? Emilio, ihr Freund vom Strand. „El amigo de la playa", wie sie ihn genannt hatte. Emilio bringt sie direkt vor die Tür der Bar. Küsschen rechts, Küsschen links, alte Erinnerungen an die Tage früher am Strand. Wie schnell die Zeit und die äußeren Umstände das Leben verändern!

„Wenn ich abends Zeit habe, fahre ich noch manchmal Taxi, so wie heute. Sonst bin ich sehr oft mit den Reisebussen von der ‚Compañía Torres' unterwegs. Im Sommer werde ich junge spanische Studenten in London fahren!"

„Kannst du überhaupt links fahren?", fragt Maryanne.

„Ach, das macht dann die Übung!", war seine lachende Antwort. Heute ist heute, und morgen eben morgen.

Da ein recht kühler Wind weht, setzt sich Maryanne hinein an einen Tisch in die Nähe der Musiker, die schon ihre Instrumente aufgebaut haben. Enrique ist nirgends zu sehen. Ein hochgewachsener Musiker stimmt die Bassgeige, eine elektrische Gitarre lehnt an der Theke. Der dazugehörige Musiker blättert in seinen Aufzeichnungen.

Der dritte Stuhl ist unbesetzt. Ein Plakat an der Wand kündigt das heutige Konzert an, das „Trío Fortuna". Ob es ihr, Maryanne, Glück bringen wird? Sie bestellt ein Glas wärmenden „Ronmiel", als Enrique die Bar betritt.

„Oh, mi amor!" Er küsst sie auf die Wange und lächelt erfreut. Der kleine gemütliche Raum füllt sich langsam mit Gästen, überwiegend Touristen, ältere Paare, wie sie um diese Zeit die Insel besuchen. Der Wirt eilt herum, der Kellner teilt die Getränke aus. Die Musiker stimmen ihre Instrumente und beginnen mit ihren Musikstücken. Bald wiegt sich das Saxofon in heißen Rhythmen. Die Gäste summen mit, die Stimmung ist aufgeheizt.

Da betritt eine langhaarige Schönheit in engen Jeans und loser Bluse mit klimperndem Schmuck am Armgelenk das Lokal. Als sie Enrique sieht, geht sie auf ihn zu und küsst ihn während seines Spieles. Enrique reißt die Augen auf und verzieht ärgerlich den Mund beim Spielen, wodurch ein schnarrender Ton dem

Saxofon entweicht. Die junge Frau lacht und wirft ihren Kopf siegessicher zurück. Dabei streifen ihre Blicke verächtlich Maryanne mit ihrem verletzten Bein und den Krücken, die an der Wand neben dem Tisch lehnen.

„Wer ist diese Frau?", denkt Maryanne und ungute Gefühle schleichen sich in ihr Herz. Eifersucht? Wie immer? Dieser gefährlichste Feind einer Beziehung? Aber warum soll Enrique nicht eine Freundin haben? Er ist sicher viel jünger als Maryanne. Von der deutschen Frau lebt er getrennt – und Maryanne ist nur eine gute Bekannte, weil sie ihn an sein Leben in Deutschland erinnert. Und was will sie denn eigentlich in ihrem fortgeschrittenen Alter?

Vor der nächsten Nummer stellt sich die Frau mit viel Schwung zur Musikgruppe und fängt nach ein paar Takten Einleitung mit kehliger und erotischer Stimme einen Song an, der sogar Maryanne zum Aufhorchen zwingt. Enrique sieht ein paarmal zu ihr herüber und zwinkert ihr zu, wobei Maryanne ihre Anerkennung mit erhobenem Daumen signalisiert. In der Liebe ist es besser, die Konkurrenz anzuerkennen als abzulehnen!

Nach einem zweiten Song macht die Gruppe eine Pause. Die Gäste applaudieren. Einige verlassen das Lokal. Enrique kommt mit der Sängerin an Maryannes Tisch.

„Darf ich dir unsere Sängerin Mara vorstellen? Sie kommt aus Kuba und lebt seit zwei Jahren hier. Sie singt gelegentlich in unserer Gruppe."

„Encantada!", grüßt Maryanne freundlich. „Ihre Stimme hat mir gut gefallen." Maryanne bemüht sich um Anerkennung und Freundlichkeit. Da gibt es doch keinen Grund zur Eifersucht! Enrique ist einfach höflich und freundlich zu ihr. Vielleicht vermisst er seine deutsche Frau, die nicht mit ihm hier leben will, so wie die Frau von Mario. Wer von den beiden ist älter? Mario oder Enrique? Enrique ist ihr näher, spricht besser Deutsch, hat keine Kinder. Er muss der Ältere von den beiden sein.

Nach der Pause will trotz der Musik keine rechte Stimmung mehr aufkommen. Die Gäste verlassen das Lokal. Es hat zwar aufgehört zu regnen, aber der Wind ist noch immer stürmisch und verbindet sich mit seinem Lied mit dem Heranbrausen der Wellen.

„Ich nehme mir dann ein Taxi und fahre zu meinem Apartment", sagt Maryanne zu Enrique gewandt, als er seine Musik unterbricht. Die Sängerin hängt sich besitzergreifend an seinen Arm.

„Es tut mir leid, dass ich dich nicht nach Hause begleiten kann", sagt Enrique mit Blick auf Mara, „aber wir müssen noch mit dem Wirt abrechnen. Also gute Nacht." Er küsst sie rechts und links auf die Wangen, geht vor die Tür und pfeift gekonnt dem Taxi in der Nähe zu. Mara hebt die Hand, als der Taxichauffeur Maryanne in das Auto hilft.

„Das war es dann, wie immer", denkt sich Maryanne, als sie müde ihr Apartment betritt. Wieso können nette Männer nicht einmal ohne Freundin sein? Warum kann nicht jemand einmal auf eine Frau wie sie gewartet haben? Natürlich, die Männer, die sie anzieht, sind immer jünger als sie. Weil sie so lebendig erscheint. Nie so alt, wie sie dem Datum nach ist. Wenn der erste Eindruck verblasst ist, ändern sie ihre Meinung, diese Männer. Aber es gibt so viele Witwen, jünger als sie, die auch keinen Partner haben. Maryanne schüttelt die trüben Gedanken ab, gießt sich noch ein kleines Gläschen vom Whiskey ein und sieht, dass Alejandro eine Mitteilung auf ihr Smartphone gesprochen hat.

„Hola Maryanne, cómo estás? Wir könnten uns am Wochenende in Los Molinos treffen. Immi möchte dich so gerne kennenlernen. Wie geht es dem Bein? Nimm den Bus bis La Ampuyenta oder gleich Tefia. Dort holen wir dich mit dem Auto ab. Die ‚Parada' kennst du ja. Schreibe einfach, wann du abfährst. Du kannst das Wochenende bei uns verbringen, dann fahren wir dich am Montag in die Klinik in der Hauptstadt."

„Ach Gott, wie seid ihr lieb!", schreibt Maryanne zurück – und ihre Eifersucht wegen Mara ist verschwunden. Fast.

7. TAG

„Das sind ja nur noch zwei Tage, heute ist ja schon Donnerstag", denkt Maryanne. Sie hat seit dem Unfall zum ersten Mal durchgeschlafen, ohne Schmerzen. Bis jetzt hatten die Medikamente die Schmerzen nur lindern können. „Vielleicht geht es nächste Woche schon ohne diesen ‚blauen Schuh'", geht es ihr durch den Kopf, als sie sich zum Frühstück in die Morgensonne auf den Balkon setzt. Der Sturm hat sich gelegt. Die Arbeiter stellen die Strandliegen wieder in Reih und Glied. Die ersten Jogger hinterlassen ihre Fußspuren im hellen Sand. Ein Fischerboot tuckert nahe am Strand durch die Wellen. Es verspricht ein wunderbarer Tag zu werden – ein Badetag, stellt Maryanne betrübt fest. Ein Badetag ohne sie. Was heißt ohne sie! Sie wird mit dem Bus ein Stück fahren und sich dort bei den ersten Felsen am Strand in die Sonne legen. Rasch packt sie ihre Badesachen ein, ein wenig Proviant, ihre Malsachen, das Geld. Nein, das Handy will sie nicht mitnehmen. Soll Enrique nur versuchen, sie anzurufen – egal, nicht immer nur an Männer denken müssen!

„Ich bin frei, und lasse mir diese Freiheit nicht nehmen!"

Weit streckt sich der Strand, als Maryanne aus dem Bus steigt. Der Weg abwärts ist mit den Krücken nicht so leicht zu bewältigen.

„Warten Sie!", sagt da eine tiefe Männerstimme hinter ihr. Er spricht Deutsch! Sie dreht sich um und sieht einen älteren, kräftig gebauten Mann, nicht sehr groß, mit grauen lockigen Haaren, kurzer Hose, blauem T-Shirt, Badetuch über die Schulter gehängt. Eine große Sonnenbrille verdeckt seine Augen.

Maryanne bleibt stehen und lächelt.

„Ich habe Sie aus dem Bus steigen sehen. Ich wohne hier im Hotel. ‚Die kommt nicht weit mit ihrem Gipsfuß', dachte ich. ‚Vielleicht braucht sie meine Hilfe.' – Nehmen Sie meinen Arm und

hängen Sie sich ein. Sehen Sie, so geht es besser. Wissen Sie, meine Frau war auf den Rollstuhl angewiesen, bevor sie letztes Jahr starb. An meinem Arm konnte sie noch ein paar Schritte gehen. Multiple Sklerose – wenn Ihnen das ein Begriff ist."
Maryanne nickt nur, da fehlen die Worte.
„Das tut mir leid", murmelt sie und drückt seinen Arm.
„Aber jetzt genießen wir einen wunderbaren Tag. Ich muss Sie dann verlassen, wenn ich Sie sicher da unten abgeliefert habe. Ich arbeite als Security und Hotelarzt für die Hotelgäste am Strand. Als Rettungsmann sozusagen. Ich war vor meiner Pensionierung Arzt. So liege ich nicht nur faul herum."

„Hier kann ich gut bleiben, bei diesen Felsen kann ich mein gesundes Bein ins Wasser hängen, und Schatten gibt es auch. Danke für Ihre Hilfe! Einen schönen Tag, ohne Unfälle!" Der Mann nickt kurz und eilt den Strand zurück. Maryanne bleibt wehmütig zurück. Wieder so eine Begegnung, kurz, aber einprägsam. Sie weiß nicht einmal, wie der Mann heißt, in welchem Hotel er wohnt. Es muss eines von diesen neuen Gebäuden oben auf den Felsen sein. Die meisten Gäste bleiben bei den Pools mit dem warmen Wasser. Die setzen sich nicht den stürmischen, kalten Wellen aus. Da hat er am Strand unten sicher nicht allzu viel zu tun.

Maryanne legt ihr Badetuch über die Felsen. Heute Vormittag ist Ebbe. Sie muss vor dem Einsetzen der Flut ihren Platz räumen. Die Sonne bescheint ihren leicht angebräunten Körper, der sich hüllenlos der Wärme hingibt. Im Februar ist es schon angenehm warm, manchmal weht ein kalter Wind, und die Sonne kann sich hinter den rasch dahinziehenden Wolken verstecken. Heute aber ist ein perfekter Tag. Maryanne lässt ihr gesundes Bein vom Felsen aus ins Wasser hängen. Um diese Uhrzeit bevölkern noch wenige Leute den Strand. Bald aber werden sie vorbeiziehen, die Touristen auf ihrem Erkundungsspaziergang den Strand entlang. Die Erdhörnchen und die Tauben warten schon auf die Rationen, die die Leute an sie verfüttern werden, obwohl an der Promenade groß und deutlich darauf hingewiesen wird, dass man die Tiere nicht füttern soll. Wir haben uns schon so weit von der

Natur entfernt, dass wir die Tiere wie Menschen behandeln wollen. Um die Mittagszeit wird der Strom der Wandernden weniger. Das Mittagessen ruft in die Hotels zurück. Maryanne beobachtet aufmerksam die immer höher werdenden Wellen, die nun schon ihren Fels erreicht haben. Es bleibt ihr nichts anderes übrig, als den Rückzug anzutreten. Mühsam genug wird es werden, zuerst über den Sand zu humpeln und dann den steilen Schotterweg zur Bushaltestelle hinaufzukommen. Diesmal ohne den starken Arm des Wasserrettungsmannes.

Das Glück will es, dass Maryanne gar nicht lange auf den Bus warten muss. Nur wenige Touristen belegen die Sitzplätze.

Mit einem lauten Seufzer der Erleichterung lässt sich Maryanne auf ihr Bett sinken. Nein, der blaue Schuh muss am Montag weg. Schmerzen hat sie kaum noch. Vielleicht genügt ein Stützverband zum Gehen. Aber Schwimmen kann doch nur die Heilung beschleunigen. Da geht das Telefon!

„Hola Maryanne, wo steckst du denn den ganzen Tag?" Enrique ist es! Er hat schon zweimal ein SMS geschrieben.

„Okay, okay, mir geht es gut. Ich war von der Früh weg am Strand bei den Felsen, bis die Flut mich vertrieben hat. Und am Samstag fahre ich nach Los Molinos, zu den Freunden, die mich nach meinem Unfall am Strand gefunden haben. Dort kann ich übernachten. Am Montag muss ich von dort ins Krankenhaus, da wird mein Knöchel wieder untersucht."

„Nur mal langsam", antwortet Enrique. „Können wir heute Abend essen gehen? Ich muss erst morgen wieder Musik machen. Mara möchte auch mit, sie hat dich so interessant gefunden. Sie malt ganz ungewöhnliche Bilder. Ihr werdet euch gut verstehen, glaube ich. Und wegen Samstag unterhalten wir uns beim Essen. Adiós!"

Maryanne legt ganz benommen das Mobiltelefon auf den Tisch beim Sofa. Was soll sie nur von Enrique halten? Ja, vielleicht „… mal ganz langsam!". Kann diese Beziehung nicht einfach nur Freundschaft sein? Muss sie sich in jeden verlieben, der sie nett anschaut? Immerhin war sie über vierzig Jahre verheiratet. Reicht das nicht? Liebte sie denn ihren verstorbenen Mann nicht? Nicht mehr? So schnell kann man sich innerlich nicht trennen. Der Richtige wird kommen, wenn es für sie vorherbestimmt ist. Enrique scheint mit Mara liiert zu sein. Er ist Musiker, sie auch. Da passen sie doch gut zusammen. Und sie wohnen dazu noch am gleichen Ort. Dabei kann ihm Maryanne ruhig auch gefallen, ohne gleich verliebt zu sein.

Maryanne duscht und zieht ihr neues grünes Kleid an und setzt den braunen Pilgerhut aus Bilbao, den mit der breiten Krempe, auf. Was, wenn sie sich ein Paar nette Schuhe mit Absatz kaufen würde, um nicht nur mit ihren Flipflops daher zu latschen? Hier ist alles eher billig, drunten beim Marokkaner. Der übrigens im gleichen Stockwerk heroben seine Wohnung hat. Und sie auch freundlich grüßt, wenn er an ihr vorbei geht.

Langsam schlendert Maryanne die Promenade entlang, mit einer Hand stützt sie sich auf die Krücke, in der anderen trägt sie die Flipflops in ihrer Umhängetasche. An dem gesunden Fuß trägt sie nun einen schicken Plateauschuh aus rotem Leder, der sie etwas größer und beschwingter wirken lässt. Da wird Enrique Augen machen. Aus der Ferne sieht sie Lorenzo Martinez kommen. Sie winkt.

„Hola, wie geht es? Wo ist der ‚alte' Lorenzo, der doch immer mit dir mitläuft?"

„Hola, er hat heute Schmerzen in seinem Knie. Wir werden alle nicht jünger. Was macht dein Fuß? Wann kommt dieser Stützapparat weg?"

„Am Montag, hoffe ich. Am Wochenende werde ich nach Los Molinos fahren, zu Alejandro und Anna, du weißt schon, die mich nach meinem Unfall gefunden haben. Heute war ich sogar mit dem Bus am Strand. Natürlich, ein Stück habe ich schon laufen müssen. Da hat mir dann ein netter Herr geholfen."

„Ach, es hat mir so leidgetan, wie ich von deinem Unfall erfahren habe."

„Nun, es ist ja recht gut ausgegangen. Nächstes Jahr komme ich wieder!"

Die beiden verabschieden sich mit einer Umarmung.

Das Meer bei der hohen gelben Sanddüne ist ruhig. Auf dem Sandhügel steht eine Reihe Kinder mit einem Erwachsenen. Auf ein Kommando – „uno – dos – tres" – stürzen sich die Knirpse mit Triumpfgeschrei die steile Düne hinunter und kugeln sich unten am Meer vor Lachen im Sand. „Un otra vez!", schreien sie, „Noch einmal!", und krabbeln auf allen Vieren erneut hinauf. Die Sonne scheint über dem Horizont, dem türkisfarbenen Meer zu schweben. Bald wird sie wie ein roter Ballon ins Meer tauchen, um am nächsten Morgen wieder aufzusteigen.

Aus der Ferne hört Maryanne die Musik eines Saxofons.

„He, hola! Da bist du ja!" Es ist Enrique, der am Ende der Promenade auf der Mauer sitzt und seinem Saxofon sanfte Melodien entlockt. Vor sich seine Kappe, in der ein paar Münzen im Sonnenlicht glänzen.

„Ja, mir macht es Spaß, als Straßenmusikant aufzutreten. Da verdiene ich ein paar Euros dazu. Letztes Jahr habe ich dort drüben mit einem Franzosen musiziert, der ein kleines Klavier auf Rollen dabeihatte, das er in seinem kleinen VW-Bus transportierte. Er hatte auch eine sehr nette Frau."

„Ja!", warf Maryanne begeistert ein. „Die beiden habe ich auch gekannt. Sie durften in meiner ehemaligen Wohnung ihre Wäsche waschen. Ich habe sie dann noch zu Ziegenkäse und Wein eingeladen."

„Setz dich zu mir. Zum Abendessen ist es noch zu früh. Mara arbeitet noch, dort in der Fußgängerzone im Reisebüro. Nur von der Musik kann niemand leben. Gott sei Dank habe ich meine Pension."

Maryanne bestellt sich ein kleines Eis und genießt die uneingeschränkte Aufmerksamkeit von Enrique.

Eine verhaltene Stimmung liegt über den beiden, die nun Enrique unterbricht.

„Du musst wissen, dass Mara meine Freundin ist. Auch wenn wir nicht immer einer Meinung sind. Seitdem sie aus Kuba hergekommen ist, machen wir zusammen Musik. Aber du faszinierst mich, erinnerst mich an meine Zeit in Deutschland. Da war eine andere Kultur, diese großartige Musik, dann das Theater. Die Berge, die gibt es natürlich in Spanien auch. Du verstehst mich. Du hast auch nostalgische Gefühle, weil du immer auf diese Insel kommst, die sicher nicht die interessanteste Insel des Archipels ist, aber voll Magie und spartanischer Natur. Fast ein Teil Afrikas. Warst du einmal in Afrika?"

„Ja", unterbricht Maryanne seine Ausführung. „Ich war viele Male in Westafrika, Ghana, Mali, Burkina Faso und vor allem Mauretanien, um die Kunst der Frauen zu studieren. Es kam dann noch ein Sozialprojekt dazu. Anfangs steht man den sozialen und wirtschaftlichen Verhältnissen hilflos gegenüber. Man hat nur einen Wunsch: zu helfen. Nur vergessen wir, dass wir ihnen den Stempel unserer Entwicklung und Vorstellungen aufdrücken, ohne Rücksicht auf ihre Kultur und Denkungsart. Das hat mich dann verunsichert. Ich bin gereist wie die Einheimischen, habe gewohnt wie sie, gegessen ... vor allem das Leben in Mauretanien war beeindruckend. Ein Teil der mauretanischen Bevölkerung unterdrückte Menschen aus südlicheren Regionen, die sie wie Sklaven behandelten. Ich bin dort gewandert, war an heiligen Orten, habe die Probleme der Frauen kennengelernt ... nein, ich höre auf, sonst verliere ich mich ganz. Nachträglich bewundere ich meinen Mann, der diese Reisen geduldet hat, auch wenn er sie nicht verstehen konnte. Sie haben sicher einen Keil in unsere Beziehung getrieben. Aber es war eine Vision – ich konnte nicht anders."

Enrique hat gespannt zugehört, als eine erotische Stimme die Stimmung durchbricht. Sogar der Lärm rundherum scheint durch die Erzählungen von Maryanne in den Hintergrund getreten zu sein.

„Hola, sentimientos tristes? No, der Abend ist zu schön. Gehen wir dort ins Restaurant, da haben wir das Meer vor uns. Ich habe schon einen Tisch draußen reserviert. Vamos!" Es ist Mara, mit wehendem Rock und schmalen Trägern auf ihrem Shirt, das ihren Busen verführerisch zur Geltung bringt.

Sie nimmt Enrique und Maryanne schwungvoll unter die Arme, sodass Maryanne Mühe hat mitzukommen.

„Despacio – langsam, sonst breche ich mir noch das andere Bein dazu!", lacht Maryanne.

Die drei setzen sich zu Tisch, als die Sonne soeben blutrot im Meer versinkt. Ein Augenblick magischen Schweigens. Nur das Klicken der Fotoapparate ist zu hören.

„Was wollt ihr essen?", fragt Enrique, ganz „Señor". „Ich schlage eine Seezunge vor und Salat vorher. Dazu Knoblauchbrot und später ein Mousse au Chocolat."

„Ja, das nehmen wir alle und einen guten Weißwein dazu!"

Während sie auf das Essen warten, erzählt Mara von ihrer Arbeit im Reisebüro. Eine Touristin hat die Fähre von Puerto nach Cadiz gebucht, zwei Nächte und ein ganzer Tag. Ihre dunklen Augen leuchten, der rot geschminkte Mund öffnet sich weit beim Sprechen und Lachen und lässt eine Perlenreihe weißer Zähne blitzen. „So hätte ich auch gerne ausgesehen", denkt Maryanne wehmütig. Auch Enrique kann seinen Blick von den roten Lippen und den dunklen Augen nicht losreißen. Als der Kellner das Essen bringt, erlischt das Feuer im Gesicht von Mara und ein Schatten huscht darüber. Sowohl Enrique als auch Maryanne bemerken es, sagen aber nichts.

„Das wäre doch etwas für dich", meint Mara und wendet sich vom Essen ab.

„Das wollte ich heuer machen", sagt Maryanne, „aber jetzt muss ich abwarten, wie mein Knöchel heilt. Eine Krücke oder einen Stock werde ich halt noch brauchen. Ich habe ja noch Zeit. Aber danke für den Vorschlag." Sie lächelt Mara freundschaftlich zu.

Auf der Promenade sind die Laternen angezündet worden. Ein Gitarrenspieler erfreut die Gäste mit wehmütigen Melodien. Zwischen den dreien will keine richtige Stimmung aufkommen. Trotz der Seezunge, des Weines und der wunderbaren Mousse.

„Du malst, hat Enrique erwähnt. Ich würde gerne deine Bilder sehen. Hast du ein paar Fotos auf deinem Handy?" Maryanne versucht mit ihrem Interesse die verkrampfte Stimmung ein wenig zu lockern.

„Ach, das ist nicht so wichtig. Ich habe hier schon einmal ausgestellt, in dem Hotel dort hinten. Aber die Touristen haben kein Verständnis für abstrakte Malerei. Sie wollen überwiegend Meereslandschaften, Tiere. Auch sind meine Bilder zu groß. Ich kann mich nur in großen Formaten ausdrücken."

„Ja, das verstehe ich. Mir geht es genauso. Ich wollte hier einmal eine Wohnung kaufen, damit ich hier auch malen kann, eventuell einem Kunstkreis beitreten. Aber daraus ist aus Geldmangel und Mangel an Mut nichts geworden. Schade, aber wer weiß, wozu diese Wege gut sind."

„Wisst ihr was?", mischt sich nun Enrique ein. „Ich schlage vor, dass wir alle zu mir in mein kleines Apartment übersiedeln. Ich habe noch einen guten Wein auf der Terrasse, dort lagern auch einige der Bilder von Mara, weil sie in ihrer Wohnung keinen Platz hat. Camarero, la cuenta, por favor!"

Die Wohnung von Enrique liegt in einer der Seitengassen der Fußgängerzone. So eine mit einem kleinen Balkon ganz oben im Dachgeschoss. Wenn man ums Eck schaut, sieht man das Meer. Ein paar Blumentöpfe haben den Balkon in einen Minigarten verzaubert. Enrique legt Musik auf, spanische Gitarrenmusik. Von unten dringt das Gelächter einer feuchtfröhlichen Gruppe.

„Normalerweise ist es hier ruhig, besonders, wenn nur die Wellen zu hören sind."

Im Wohnzimmer an der Wand lehnen großformatige Bilder, auf grobe Leinwand gemalt. Rote, blaue und grüne Flecken, mit einem breiten Pinsel wie hingeworfen. Irgendwie in ihrer Schlichtheit und Spontaneität beeindruckend. Daneben andere in fast farblosen Pastelltönen, die man der feurigen Kubanerin in ihrer temperamentvollen Ausdrucksweise nicht zugetraut hätte.

„Ich bin beeindruckt", gesteht Maryanne. „Meine Papierobjekte sind unruhiger, mehr experimenteller Art.
Wir müssten uns zusammentun, hier auf der Promenade ausstellen. Ich habe ein Jahr nach dem Tod meines Mannes Papierskulpturen gearbeitet, aber alle verschenkt. Mit ein paar jungen Mädchen saß ich auch auf der Mauer und habe meine gemalten Krokodile feilgeboten. Die Mädchen verkauften kleine Taschen aus Recyclingmaterial. Ganz interessant. Aber die noblen Touristen gehen müde lächelnd vorbei." Maryanne lacht.
Enrique hat inzwischen den Wein geöffnet.
„Kommt, die Zeit ist kurz, das Leben auch, trinken wir auf die Schönheit der Insel und die Kreativität und die Musik. Prost!"

„Ich bin müde und mein Fuß schmerzt. Ich glaube, ich brauche ein Taxi", sagt endlich Maryanne.
„Am Samstag fahre ich nach Los Molinos, da bin ich von Alejandro und Anna eingeladen. Ich kenne den Ort von früher, als das Haus noch Ricardo gehörte. Er hat es dann diesem Julius aus Deutschland verkauft, der die Tochter von Alejandro geheiratet hat. Sie hätte seine eigene Tochter sein können, vom Altersunterschied her. Jetzt steht der Großvater nach dem Tod von Julius und seiner eigenen Tochter mit dem Mädchen, der Enkelin, allein da. Der Tod seiner Frau ist auch noch nicht so lange her."
„Wir werden ebenfalls dort sein. Am Samstagabend ist in Tefia in dem neu eröffneten Restaurant ein kleiner Musikabend mit ein paar Musikern. Wird ein wenig laut werden."
„Da können wir auch hinkommen. Ich weiß noch nicht, wo ich schlafen werde. Alejandro hat ja sein Atelier und die Finca dort. Wir bleiben in Kontakt!"
Maryanne verabschiedet sich. Enrique begleitet sie noch die Treppe hinunter und ruft am Hauptplatz ein Taxi.
„Danke, dass du dich mit Mara so gut verstanden hast. Sie ist nicht immer leicht zu behandeln. Tschau!" Küsschen rechts, Küsschen links – Abschiede schmerzen immer. Seine plötzliche Zurückhaltung auch.

8. TAG

„Heute ist schon Freitag", fällt es Maryanne ein, als sie die Augen öffnet. Die Nacht war angenehm, fast ohne Unterbrechung. Keine lautstarke Auseinandersetzung des indischen Ehepaares nebenan. Kaum Schmerzen. Ein roter Streifen kündigt das Morgenlicht an. Also frühstücken, einkaufen für den Ausflug morgen. Den Rucksack packen – und wieder mit dem Bus zum Strand, wie gestern. Ob der Wasserrettungsmann wieder da ist? „Diesmal frage ich aber nach seinem Namen", denkt Maryanne.

Als sie bei der Haltestelle in den Bus einsteigt, sieht sie zu ihrer Freude Pablo am Steuer. Pablo, der Chauffeur aus San Sebastián im Baskenland, der sie einmal nach dem Tod ihres Mannes mit seiner Frau und dem kleinen Sohn zum Pizza-Essen in das italienische Restaurant in der Fußgängerzone eingeladen hatte. Er hatte Maryanne und ihren Mann immer bewundert, wenn sie mit dem Bus zu einer ihrer Wanderungen aufgebrochen waren. Besonders die Gesundheit von ihrem Mann hatte er als beispielgebend bezeichnet. Nicht viele Touristen seien so oft unterwegs. Hier gilt nicht, dass man mit dem Busfahrer nicht sprechen darf. Viele von ihnen hören aggressive, laute Musik, um die Eintönigkeit der Fahrstrecke auszublenden. „Mit Pablo aber kann ich mich unterhalten", denkt Maryanne. Er ist immer freundlich, spricht mehrere Sprachen, weil er als Chauffeur in der Schweiz gearbeitet hatte. Mit ihm verfliegt die Zeit im Flug. Pablo ist ein Garant für einen spannenden Tag.

Maryanne steigt nicht bei der Haltestelle aus, wo sie gestern ausgestiegen ist. Sie ist mitten in einer interessanten Unterhaltung mit Pablo. „Esquinzo, bitte!" – „Hoffentlich komme ich den Weg beim Hotel hinunter. Aber er ist ja asphaltiert. Da kann ich in der Bar am Strand bei meinen Freunden, den ‚Camareros', meinen ‚leche leche' trinken. Die sind dort auch so nett. Ich kenne sie schon seit Jahren." Wenn Maryanne alleine ist, verliert sie sich in Selbstgesprächen.

Ein „Adíos", ein Winken, und schon fährt der Bus über die neue Brücke, die den Barranco überspannt.

Freundliche Begrüßung in der Bar in der flachen Sandbucht. Das übliche „Woher?" und „Wohin?", „Wie geht's?". Ach, so ein hübscher neuer Schuh! Wo kommt denn der her? Maryanne fühlt sich gleich willkommen. Es sind nur wenige Liegestühle aufgestellt. Man sieht noch die Spuren der starken Flut. Das Wasser hat den Strand fast einen Meter tief abgegraben. Es ist noch früher Vormittag. Die Leute kommen nur zögerlich aus den schützenden Hotelzimmern. Kinder, Mütter, Liebespaare. Dort bei den Felsen beginnt die Zone für die Nacktbadenden, obwohl das ganz durchmischt ist. Die Freikörperkultur hat etwas nachgelassen. Die ältere Generation, die Pensionisten, die die Insel zu ihrem Winterquartier erklärt hatten, sterben langsam weg. Die jungen Leute bevorzugen Kurzurlaube, eine Woche oder zwei, und dann „all inclusive". Sie mögen es eher bekleidet, weil sie Liegestühle und Sonnenschirme brauchen. Urlaube mit den Kindern in den Semesterferien „Aber jetzt bin auch ich auf den Geschmack eines Hotelzimmers nur für mich gekommen. Letztes Jahr, auf meiner Fahrt durch Skandinavien", denkt Maryanne, als sie den „leche leche" trinkt und die Füße weit von sich in den Sand streckt. Den Weg herunter hat sie gut geschafft. Vorsichtig ist sie schon auf dem verletzten Fuß aufgetreten. Sie hat diesmal nur eine Krücke mitgenommen.

„Da treffe ich Sie ja wieder!" Maryanne schreckt aus ihren Träumereien auf und wendet sich dem Schatten zu, der sich von hinten über sie beugt. Es ist der Wasserrettungsmann.

„Sind Sie heute hier eingeteilt?", fragt Maryanne so lässig wie möglich, um ihre Überraschung zu verbergen.

„Nein, ich habe frei und bin ein wenig den Strand entlanggewandert, solange die Verhältnisse so gut sind. Oft spülen die Wellen den Sand weg und es bleiben nur die Steine zurück. Nicht so angenehm. Und Sie sind wieder mit dem Bus hergekommen? Etwas weiter diesmal."

„Ja, zurück geht es auch mit dem Bus." Maryanne schaut auf ihre Armbanduhr.

„Und was halten Sie davon, wenn Sie meinen Arm nehmen und mit mir ein Stück weiter wandern? Ich glaube, der Sand trägt ganz gut. Dann bringe ich Sie wieder zurück?"

„Ach, da sage ich nicht nein, kommen Sie!"

Der Marsch geht besser, als es sich Maryanne vorgestellt hat. Der starke Arm stützt links, die Krücke rechts. Die Nähe eines Mannes erzeugt ein angenehm prickelndes Gefühl. Verstohlen schaut sie zu ihrem Begleiter auf. Gott, da fällt sie wirklich von einer Verliebtheit in die nächste! Herz, sei wachsam! Dabei hat das Herz gar keine Lust dazu. Dort, wo die Felsbarriere sich dem Strand nähert, ruht sich Maryanne aus, während sich der Wasserrettungsmann in die herannahenden Wellen stürzt. Sehnsüchtig sieht ihm Maryanne nach. „Nächste Woche werde ich auch schwimmen!"

Auf dem Rückweg fragt der Wasserrettungsmann, was Maryanne am Wochenende vorhat.

„Nichts Besonderes, Freunde haben mich eingeladen." bei sich denkt sie: – „Ich will nicht alles ausplaudern, Enrique und dieser Mann, das ist mir zu viel – weniger von sich preisgeben offenbar weniger unliebsame Überraschungen. Wie zum Beispiel Freundinnen im nächsten Restaurant oder Ehefrauen zu Hause. Ach ja, seine ist ja gestorben. Das würde wieder neue Perspektiven öffnen. Schluss!" Schweigsam sind sie zur Bushaltestelle hinaufgewandert. Maryanne gibt vor, noch allerhand erledigen zu müssen. Man würde sich wieder hier irgendwo treffen. Tschüss!

9. TAG

Noch gestern hat Maryanne ihren Rucksack mit ein paar Kleidungsstücken zum Wechseln gepackt und im Supermarkt ein wenig Proviant gekauft, „fürs Erste", hätte ihre Mutter gesagt. So war es immer, wenn ihre Familie früher auf Campingurlaub nach Südfrankreich gefahren ist. Zu fünft im kleinen VW-Käfer, mit Zeltsachen, Faltboot und Proviant „fürs Erste" vollgepackt. Die Füße der Mutter steckten im Wasserkübel vorne. Sogar unter der Motorhaube befanden sich wichtige Utensilien. Auf dem Dachträger das Faltboot der Marke „Klepper", das ihr Vater einmal bei einem Preisausschreiben gewonnen hatte. Um tausend Schilling, versteht sich. Maryanne empfand wie ihr Vater, der ein Grausen vor den vielen Dingen hatte, die ihre Mutter für unentbehrlich hielt. Desgleichen erging ihm, wenn dann am Urlaubsziel in dem nächsten Laden bei größter Hitze Lebensmittel eingekauft wurden für Suppe, Hauptspeise und Nachtisch, was nicht „fürs Erste" mitgenommen wurde.

Auch im Urlaub wurde auf solides Essen Wert gelegt. Maryanne erinnert sich gern, wie ihre Mutter in Sardinien für zehn hungrige einheimische Studenten Kaiserschmarren zubereitet hatte. Danach gab es einen Wettstreit zwischen sardischen Volksliedern und alpenländischen Weihnachtsliedern. Zum Essen auszugehen hätte das Budget überstiegen. Und gegessen hat der Vater dann trotzdem gerne. Vielleicht deshalb die Manie des einfachen Lebens, der Besitzlosigkeit beziehungsweise eher Bedürfnislosigkeit von Maryanne beim Pilgern und Reisen. Erst langsam findet sie ein Hotelzimmer passend und angenehm, ja, als einen ungekannten Luxus. Und an Luxus kann man sich auch gewöhnen. Sehr schnell sogar. Dann steigen auch plötzlich die Ansprüche.

Zwei Busse braucht Maryanne, um nach Tefia zu gelangen. Als sie bei der Abzweigung nach Los Molinos aussteigt, steht schon Anna bei der Bushaltestelle und winkt, dahinter auf dem Pannenstreifen der Pick-up von Alejandro. Beide braun gebrannt, aber ohne Immi!

„Schön, dass du gekommen bist. Immi wartet schon ganz sehnsüchtig. Sie hat sogar einen Kuchen gebacken. Aber vielleicht möchtest du dich im Atelier hier ausruhen und etwas trinken."

„Ja, sehr gerne. Die Sonne hat so heiß in den letzten Bus hineingeschienen. Ich glaube, die Lüftung hat hier nicht funktioniert. Aber ich bin froh um das warme Wetter."

Im Atelier war es angenehm kühl. Anna nimmt buntbemalte Gläser von der hölzernen Stellage an der Wand und schenkt einen goldgelben perlenden Saft ein.

„Ich erinnere mich jetzt, dass ich vor Jahren schon einmal hier war. Ich habe damals eine sehr hübsche Tonschale gekauft. Die war zwar nicht von Alejandro, sondern von einer alten Töpferin im Valle Inés", erinnert sich Maryanne. „Wie die Kreise sich doch schließen."

Alejandro war inzwischen in seine Werkstatt gegangen, um Papier und Farben zu holen. Er will an diesem Wochenende unten am Meer malen, was er schon lange nicht mehr gemacht hat. Einfach nur die Stimmungen einfangen, das Abendlicht, die Morgendämmerung, die Variationen von Grün im Barranco. Der Tod seiner kranken Frau hat wohl Trauer, aber auch eine Befreiung gebracht. Und nun ist auch Anna in sein Leben getreten.

„Kommt, Immi wartet mit Kaffee und Kuchen. Damit hat meine Tochter damals auch Julius immer empfangen, wenn er mit seinem Leihauto vom Flughafen kam."

„Aber wisst ihr, dass es im Restaurant heute ein Konzert gibt? Ich habe zwei der Musiker der Gruppe neulich kennengelernt." Maryanne ist ganz aufgebracht. Das will sie auf keinen Fall versäumen.

„Ja, natürlich, aber das Konzert ist auf morgen Vormittag verschoben worden. Um elf Uhr. Das geht doch. Da kannst du dann in der Finca übernachten, und am Montag fahren wir dich nach Puerto ins Krankenhaus. Diese Zufälle! Da lernen wir die Frau kennen, die das Häuschen von Ricardo, dem ehemaligen Besitzer bewohnt hat."

„Das war nur ein paarmal, eben bis er es an Julius verkauft hat. Wisst ihr, warum?"

„Nein, vielleicht gab es Probleme in der Familie. Julius hat nie davon gesprochen. Es ist ja doch eine Zeit lang her."

„Meinem Mann war es auch zu abgelegen, nicht wegen des mangelnden Komforts, aber wegen der Entfernung. Es ist ja in den Wintermonaten nicht gerade zum Baden und Schwimmen geeignet. Ich glaube, mein Mann ist immer mir zuliebe hierher. ‚Wir können doch die warme, bequeme Wohnung in Jandia mieten, warum immer diese Abenteuer?', meinte er einmal kopfschüttelnd."

Aber irgendein Geheimnis verbirgt sich hinter diesem Haus, dem früheren Besitzer und Julius. Dessen war sich Maryanne sicher. Ob sie das Geheimnis lüften können wird? Sie, Maryanne, hat ja immer von so einem Häuschen in einer eher abgeschiedenen Gegend geträumt.

Schnaufend und ratternd setzt sich der Pick-up in Bewegung. Als sie die Kuppe nach der Überquerung des Barrancos erreichen, blinkt ihnen schon das blaue Meer mit den schäumenden Wellen entgegen. „Angekommen", denkt sich Maryanne. Wie glücklich war sie hier, als ihnen Ricardo das Häuschen überließ mit der Bemerkung: „Mi casa es tu casa"? Ricardo hatten sie und ihr Mann am Pilgerweg nach Betancuria kennengelernt, als sie den Plan hatten, die Westküste entlang nach El Cotillo zu wandern. – Und weil ihr Mann damals noch lebte, untrennbar mit allen Bildern verknüpft.

„Da seid ihr ja endlich!", ruft Immi, die schon oben am Wanderweg auf das Auto gewartet hat. Maryanne steigt aus, umarmt das Mädchen. „Dich habe ich doch schon einmal gesehen. Da warst du noch viel jünger!", denkt Maryanne unwillkürlich. Ist es doch schon einige Jahre her seit ihrem letzten Besuch in „ihrem"

Haus am Meer? Danach musste Julius das Haus von Ricardo gekauft haben. Warum hat es Ricardo verkauft? Vielleicht ist seine Frau gestorben und die Erinnerung war zu schmerzhaft. Warum spricht Alejandro nicht darüber? Aber sie kennt ihn doch kaum. Wahrscheinlich würde sie es nie erfahren.

Maryanne steigt mit Immi mit Hilfe eines Wanderstockes den Weg in den grünen Barranco hinunter. Die dickblättrigen Salzwasserpflanzen entlang des träge dahinfließenden Baches schimmern in allen nur erdenklichen Schattierungen der Farbe Grün, die oft in Rot und Orange wechselt, je nach Feuchtigkeit der Pflanze. Die bunten afrikanischen Enten fliegen als Paar mit ihrem durchdringenden Schrei über das Wasser zum steil abfallenden anderen Ufer. Raben verlassen aufgescheucht ihre Rastplätze und verschwinden in den wüstenähnlichen Hügeln nach Westen zu. Staunend hält Maryanne inne. Heimkehren. Ob sie hier wieder wohnen darf – wie früher?

„Hola Señora!"

„Juan!", ruft Maryanne. „Erkennst du mich noch?"

„Naturalmente, du hast dich nicht verändert. Wo ist dein Mann? Was ist mit deinem Fuß?" Es ist Juan von dem Restaurant „Terrazza" am äußersten Ende von der kleinen Bucht.

„Oh, Juan, que alegría! Du bist noch immer derselbe wie damals. Ich habe Alejandro und seine Freundin, die Anna, kennengelernt, als ich mir in El Puertito den Knöchel verletzt habe. Sie haben mich entdeckt und gerettet. Nun habe ich noch andere Freunde hier – und vielleicht kann ich wieder im Haus schlafen. Es gehört ja jetzt Anna."

„Wo wohnst du?"

„In ‚Casa Atlantica', hinter dem ‚Hotel Faro'. Die Wohnung in Playa Paradiso habe ich nicht bekommen, weil ich so lange mit meiner Entscheidung, sie zu kaufen, gezögert habe. Manchmal tut es mir leid. Du weißt nicht, dass mein Mann gestorben ist. Ja, so ist das Leben. Nein, ich war nie wieder hier in Los Molinos. Es hat mir irgendwie wehgetan."

Ein Auto hupt vor dem Häuschen, das etwas abseits links von der Bucht oberhalb der anderen Häuser gebaut ist. Alejandro und Anna sind dabei, das Gepäck auszuladen.

„Wo willst du nächtigen? Bei Juan oder hier im Häuschen – wie früher?" Alejandro lacht. Es sei Platz, weil Anna zu ihm und Immi in sein Häuschen wechseln würde. Er zwinkert Anna zu.

„Es ist noch wie früher. Julius hat nicht viel verändert. Lange hat er hier nicht gewohnt. Nur in den Sommermonaten und am Anfang des Jahres, wenn in Deutschland Schnee lag. Das weißt du doch – oder nicht? Ach, du hast ihn ja nicht gekannt. Er war der Vater von Immi und der Ehemann meiner Tochter, die nun aber auch schon vor fünf Jahren gestorben ist. Krebs!"

„Jetzt mache es dir gemütlich in meinem Häuschen, das auch einmal zeitweise deines war", sagt Anna. „Ich hätte es beinahe verkauft, habe es aber niemandem gegönnt. Dir vielleicht schon. Aber da haben wir uns noch nicht gekannt. Komm dann auf einen Kaffee zu uns. Dort drüben in der zweiten Reihe. Unverkennbar. Immi wird dich abholen. In einer halben Stunde. Und dann hast du den ganzen Nachmittag Zeit für Barranco oder Strand oder Juan!"

Anna nimmt Alejandro am Arm und zieht ihn fast ungeduldig den Weg zum Parkplatz hinüber.

Wie betäubt steht Maryanne vor dem Häuschen und kann ihr Glück kaum fassen. Hoch schäumen die Wellen und krachen über die Felsen. Wie früher. Die Gischt spritzt fast bis in den Barranco, der hier vor dem Steinwall versickert. Es ist Flut. Ja, drinnen hat sich nicht viel verändert. Da steht noch immer der große ovale Tisch mit den bequemen Plastikstühlen, die hier überall zu finden sind. Die gemauerte Theke mit dem Herd und der Spüle an der Wand. Die Fenster mit den blauen Läden davor. Die Sitzbadewanne wurde ausgetauscht und ein Gestell montiert. Die Kacheln mit den blauen Delfinen darauf sind noch gleich. Im hinteren kleinen Schlafzimmer, das noch immer muffig riecht, entdeckt sie Kleider und Spielsachen, die vermutlich Immi gehören. Maryanne packt gerade ihren Rucksack aus, als Immi in der Tür steht.

„Holst du mich zum Essen?", fragt Maryanne. Immi zögert mit ihrer Antwort.

„Ich ... ich ... ich möchte dich fragen, ob es dir etwas ausmacht ..." Immi unterbricht ihren Satz. Tränen in den Augen.

„Willst du fragen, ob du noch in deinem ehemaligen Zimmer schlafen darfst? Aber natürlich, ich will dich doch nicht verdrängen. Weißt du, bevor dein Vater dieses Häuschen gekauft hat, habe ich immer wieder mit meinem verstorbenen Mann hier wohnen dürfen. Ich kann mich daran erinnern, dich ein paarmal dort drüben gesehen zu haben. Ich habe immer hier gewohnt, wenn Ricardo aus Puerto es im Winter nicht verwendet hatte. Wo hast denn du früher gewohnt?"

„In der Hauptstadt, bevor wir dann hierher gezogen sind. Jetzt gehe ich wieder in der Hauptstadt zur Schule. Da hat Alejandro eine Wohnung und in Tefia sein Atelier."

„Komm, wir wollen Kaffee trinken gehen. Ich habe gehört, den Kuchen hast du gebacken?"

Als die beiden beim Parkplatz vorbeikommen, bremst vor ihnen ein Pick-up.

„Hola Enrique und Mara!", ruft Maryanne begeistert. „Schön, dass ihr jetzt schon kommt." Die drei fallen sich regelrecht in die Arme.

„Das Konzert ist so auf morgen Vormittag verschoben worden, damit die Leute dann im Restaurant in Tefia auch Mittagessen können. Wir wollen heute Nachmittag hier nur faulenzen und ein wenig versuchen zu surfen. Die Flut geht zurück."

„Und wo wohnt ihr hier?", will Maryanne wissen.

„Hier, gleich im Häuschen neben der Bar."

„Fein, dann können wir uns morgens zuwinken. Ich wohne direkt gegenüber, wo ich vor Jahren schon mit meinem Mann wohnen durfte. Wir haben den früheren Besitzer gekannt."

Der Parkplatz hat sich in der Zwischenzeit mit Autos gefüllt. Touristen kommen und gehen. Die einen essen in der Bar „Casa Pon", die mutigeren drängen sich an der grenzwertigen Absper-

rung am Rand der schwarzen Steine hinüber zum Restaurant „Terrazza", wo Juan seinen köstlichen Fisch zubereiten wird, wenn er zum Fischen in der Früh hinausgegangen ist. „Wenn ..."
Maryanne eilt nun mit Immi zu dem Häuschen, das versteckt in der Häuserreihe etwas oberhalb der schmalen Straße gelegen ist. Auf einer kleinen Terrasse steht ein Tisch, schön gedeckt, mit Blumen und einem gelben Kuchen. Immi ist ganz stolz auf ihr Werk. Von der Terrasse aus sieht man gerade noch die Schaumkronen der Wellen. Maryanne sieht, wie Enrique sich in den schwarzen Neoprenanzug zwängt, sein Surfbrett nimmt und sich den Weg seitlich durch die heranrollenden Wellen bahnt. Zwei junge Sportlerfreunde, die am Strand auf ihn gewartet haben, folgen ihm mit ihren Surfbrettern ins Wasser. Mara hat sich in sicherem Abstand vom Wasser auf die schwarzen Steine gesetzt und beobachtet jede Bewegung von Enrique. Die Flut ist bereits zurückgewichen.

Enrique hat schon den großen Felsen beim Hinausschwimmen passiert und versucht, bevor die nächste Welle bricht, am schäumenden Kamm hereinzureiten. Da kommt unvermutet noch einmal ein Riesenbrecher, der über die vorherige Welle darüber schlägt. Enrique stürzt, verschwindet in der schäumenden Gischt, wird unter Wasser gedrückt und gegen den großen Felsen geschleudert. Er kann sich nicht befreien. Wieder und wieder wird er unter Wasser gedrückt und gegen den Felsen geschleudert. Erbarmungslos! Ein Aufschrei der Leute, die am Strand erstarrt den Vorgang beobachten.
   Augenblicklich schwimmen und tauchen die Freunde in die Nähe des Felsens. Andere Männer eilen zu dem Rettungsring, der oben auf dem Platz bei der kleinen Kapelle der „Virgen" befestigt ist und werfen ihn an dem langen Seil hinunter zu den Helfern. Alejandro hat von seinem etwas höhergelegenen Sitzplatz das Unglück sofort erkannt. Er nimmt einen weiteren Rettungsring und stürzt zum Strand hinunter. In der Zwischenzeit haben die zwei Surfer Enrique zu fassen bekommen. Aber er war sicher schon viel zu lange unter Wasser! Mit Hilfe der Rettungsringe und

weiterer Helfer, die den Freunden zur Hilfe gekommen sind, können sie Enrique aus den Wellen in seichteres Wasser ziehen und von dort auf den sicheren Strand betten.

Einige Männer stürzen zu den Autos, um von höher oben an der Straße die Rettung zu informieren. Hier unten am Strand gibt es keine Telefonverbindung.

Anna und Maryanne sind inzwischen zu Mara hinuntergeeilt. Juan vom Restaurant „Terrazza" hält sie beruhigend und beschützend in seinen Armen.

„Dios mío", stöhnt sie, „das darf nicht wahr sein! Juan, sag, dass es nicht wahr ist. No es la realidad! Enrique!", schreit sie verzweifelt auf!

Auch von der Bar „Casa Pon" sind Männer herbeigeeilt. Einer beugt sich über Enrique und gibt präzise Anweisungen, den Körper seitlich zu lagern, sodass das Wasser aus der Lunge fließen kann. Am Hinterkopf hat Enrique eine klaffende blutende Wunde davongetragen, die ihm wahrscheinlich das Bewusstsein geraubt hat. Sofort beginnt der Mann, der sich als Arzt vorgestellt hat, mit Wiederbelebungsmaßnahmen. Herzmassage, Mund-zu-Mund-Beatmung, Pulsmessungen. Die anderen Helfer schneiden den Surfanzug auf und hüllen Enrique in große Handtücher.

Enrique rührt sich nicht.

Nach unendlich langer Zeit, so scheint es den Umstehenden, erhebt sich der Arzt. Die Erschöpfung, umsonst sich um das Leben des Surfers bemüht zu haben, steht ihm ins Gesicht geschrieben. Enrique ist tot, wahrscheinlich hat er durch den Aufschlag am Felsen das Bewusstsein verloren und ist dadurch ertrunken.

Es sollte noch eine Stunde vergehen, bis die „Bomberos", die Rettungsleute, mit Blaulicht von der Straßenkuppe heruntergebraust kommen. Einer der Rettungsmänner öffnet noch im Laufen den Defibrillator. Aber obwohl mit diesem Apparat noch einmal versucht wird, das Herz von Enrique zum Schlagen zu bringen – es war umsonst. Betroffen stehen alle um Enrique herum. Nur das Rauschen der Wellen dringt durch die atemlose Stille.

Alejandro und Anna legen ihre Arme um Mara und führen sie in das kleine Häuschen neben der Bar und legen sie auf eines der Betten. Maras Augen sind leer geweint und blicken starr vor sich hin. Willenlos lässt sie alles mit sich geschehen. Der Arzt, der sich um Enrique bemüht hat, spritzt ihr ein Beruhigungsmittel. Maryanne ist mit den beiden mitgegangen. Auch Immi, die sich mit großen Augen an sie klammert. Als der Arzt aufblickt, sieht er Maryanne bei den anderen stehen. Maryanne erkennt den Arzt, den sie damals beim Aussteigen aus dem Bus am Weg zum Badeplatz getroffen hatte. Es ist der Wasserrettungsmann.

„Wie kommen Sie hierher?", fragt er ernst. „Kennen Sie den Verunfallten?"

„Ja", antwortet Maryanne. „Er war ein Freund von uns allen. Ich habe ihn und Mara erst vorige Woche kennengelernt, bevor ich Sie getroffen habe. Alejandro und Anna sind die zwei, die mich am Strand in El Puertito nach meinem Unfall gefunden haben. Aber wie kommt es, dass wir uns hier wieder treffen? In so einer traurigen Situation?"

„Ich habe von dem Konzert morgen gehört und wollte heute den schönen Tag an diesem mystischen Ort verbringen. Ich habe einen Campingbus, in dem ich am Parkplatz übernachten möchte. Trotz allem – ich freue mich, dass Sie auch hier sind! Ein kleiner Lichtblick. Sie sind so voll Leben. Und Deutsch sprichst du auch. Bleiben wir doch beim Du! Sind wir nicht alle so gering im Anblick des großen Todes? Mein Spanisch ist nicht so gut. Es sind doch meistens Deutsche, die am Strand oder im Hotel meine Hilfe benötigen."

Alejandro und Anna haben dem Gespräch der beiden aufmerksam zugehört.

„Wir scheinen vom Schicksal zusammengeknüpft worden zu sein, um einander in dieser schweren Stunde eine gegenseitige Stütze zu sein. Ich kann fast die imaginären Fäden sehen, die uns verbinden, so wie einmal in einem Konzert mit Klaviermusik von John Cage", meint Anna.

„Dabei kennen wir nicht einmal deinen Namen", meint Alejandro mit Blick auf den Arzt.

„Anton aus Wien – oder einfach Toni oder Toño auf Spanisch."

„Und ich bin Maryanne", lächelt Maryanne. „Wir hatten auch noch keine Möglichkeit, uns besser kennenzulernen. Warum muss das unter so traurigen Umständen passieren! Warum ist das Leben so grausam?" Ihre Stimme erstickt in Schluchzen. Sie wendet sich ab, aber Toni nimmt sie in den Arm und streicht über ihre Haare.

Vom Bett herüber kommt ein Stöhnen. Mara ist aufgewacht. Sie blickt nicht mehr so starr vor sich hin. Das Beruhigungsmittel hat sie ein wenig benommen gemacht.

„Wo ist Enrique?", ist ihre erste Frage.

„Die ‚Bomberos' haben ihn in mein Haus gebracht. Du kannst zu ihm gehen. Wir müssen warten, bis der Amtsarzt aus Puerto kommt, um den Totenschein auszufüllen. Hatte er seine Dokumente bei sich, wie Führerschein oder dergleichen? Eine reine Formsache. Hat Enrique Verwandte hier auf der Insel? Nein? Doch, einen Bruder, sagst du? Und dann seine Frau in Deutschland. Kinder hat er keine? Hatte er sein Mobiltelefon dabei? Da finden wir sicher die Nummern, um die Verwandten zu verständigen. Kennst du seine Frau?"

Mara schüttelt den Kopf.

„Aber ich weiß, wie sie heißt. Zumindest den Vornamen: Evelyn. Sie hat ihren deutschen Namen behalten. Das finde ich schon."

Mara geht mit Alejandro, der das ganze Geschehen im Griff zu haben scheint, in dessen Haus hinüber.

„Ich brauche nach diesem traurigen Vorfall etwas zu trinken. Ich lade euch zu Juan ins ‚Terrazza' ein. Wir müssen uns alle stärken. Alejandro wird sich um Mara kümmern. Er ist von hier. Wir sind alle Ausländer, die von der hiesigen Bürokratie nichts verstehen." Toni nimmt Maryanne am Arm und geht voraus.

Im Restaurant erzählt Anna von den Schicksalsschlägen von Alejandro, die noch gar nicht so lange her sind.

„Merkwürdig, dass wir jetzt alle aufeinandergetroffen sind, weil jeder von uns einen Partner verloren hat, also einen schweren Verlust erlitten hat. Bist du auch allein, Toni?", fragt sie teilnahmsvoll und erinnert sich, dass ja seine Frau auch vor einem Jahr gestorben ist.

„Ja, so ist es. Sonst wäre es vielleicht wieder kompliziert. Wie wird Mara mit diesem Schock fertig werden?"

„Wir können ihr zur Seite stehen. Aber ich glaube schon, dass sie auch Freunde aus Kuba hier hat und nicht ganz alleine ist. Ich weiß nicht, wie lange die beiden zusammen waren."

Juan hat in der Zwischenzeit einen stärkenden Salat mit Krabben und duftendem Brot aufgetischt. Die anderen Gäste haben sich in Anbetracht des Unglücks zurückgezogen, die meisten sind weggefahren. Eine stille Trauer liegt über der gesamten Bucht. Die zwei anderen Surfer, die Enrique zu retten versucht haben, haben Mara und Alejandro zu Enrique begleitet.

Die Gesellschaft war mit dem Essen noch nicht fertig, als zwei Polizisten und der Amtsarzt aus Puerto die Terrasse betreten. Der Amtsarzt lässt sich gleich das Haus zeigen, wo Enrique hingebracht worden ist. Die beiden Polizisten trinken erst einmal einen kräftigen Schluck Wein, bevor sie mit ihren Befragungen beginnen. Es muss ja jegliches Fremdverschulden ausgeschlossen werden. Anna, Maryanne und Toni schildern den Unfall, die unerwartete Welle, die Enrique an den Felsen geschleudert hat, den Versuch der beiden Surfer, ihn aus der Gefahrenzone herauszubekommen. Die Wiederbelebungsversuche durch Toni …

Nachdem alles zu Protokoll gegeben ist, begeben sich die beiden Polizisten noch zu Alejandro und Mara hinüber.

Nach Erledigung der Formalitäten wird Enrique in den Sarg gelegt, den die Bestatter, welche die Polizisten begleitet haben, mitgebracht haben. Er wird ins Krematorium, ins „Tanatorio" nach Puerto gebracht. Sein Bruder, der in Madrid lebt, wird alles regeln. Er wurde bereits verständigt. Er wird morgen im Laufe des Tages eintreffen. Letztlich ist alles nur noch eine Sache der Organisation. Für Sentimentalität ist wenig Platz.

„Was wird nun aus dem Konzert morgen?", fragt Alejandro Mara, als sie alle am Abend in seinem Häuschen sitzen. Mara wirkt gefasst. Wahrscheinlich hat ihr Toni noch einmal ein Beruhigungsmittel gegeben.

„Wir haben beschlossen, das Konzert zu Ehren und als Abschied von Enrique trotzdem zu spielen. Das Publikum ist informiert. Das Programm wird der Situation angepasst. Ja, ich singe. Ein paar wehmütige Lieder aus meiner Heimat. Enrique und ich wollten heuer im Sommer nach Kuba und dort ein Konzert geben. Nun, jetzt ist alles anders." Tränen stehen in ihren Augen.

Maryanne ist erschöpft. Der Fuß schmerzt wieder. Bevor sie das Haus von Anna aufsucht, umarmt sie Mara, die allein mit ihren Gedanken an Enrique im Häuschen neben der Bar die Nacht verbringen will. Morgen werden sie alle miteinander in Annas Haus frühstücken und dann gemeinsam nach Tefia zum Konzert im dortigen Restaurant fahren. Aus Menschen, die sich vorher nicht kannten, wurde jetzt eine Schicksalsgemeinschaft.

Maryanne hat sich in ihr „ehemaliges" Häuschen – Annas Haus – zurückgezogen. Sie steht vor dem Spiegel und betrachtet ihr Gesicht. Tiefe Ringe der Erschöpfung haben sich unter ihre Augen gelegt. Sie fühlt sich um Jahre gealtert. Nun hat niemand mehr etwas von Enrique. Wie belanglos war doch ihre Eifersucht. Warum hat das Schicksal so grausam zuschlagen müssen – vor allem für Mara? Es geht hier nicht um ihr Leben oder ihre eigenen Gefühle, es geht nur um Mara.

Ein zaghaftes Klopfen an der Türe reißt sie aus ihren Betrachtungen. Als sie die Tür öffnet, steht Immi draußen, verängstigt und blass.

„Du hast doch gesagt, dass ich bei dir schlafen darf?"

Maryanne schließt das Mädchen tröstend in ihre Arme und bringt sie in ihr Bett hinüber. Sie deckt sie zu und setzt sich noch an die Bettkante. Sie lässt den Tränen der Kleinen ihren Lauf. Es gibt jetzt keinen Trost. Er würde billig und fadenscheinig ausfallen. Nur echte Trauer kann unseren Schmerz heilen.

Und noch einmal klopft jemand an das Fenster! Als Maryanne öffnet, ist es Toni, der sie beim Hereinkommen plötzlich stumm in die Arme nimmt. Leise schließt sie die Türe und geht mit Toni zum Tisch. Sie löscht das Licht, um Immi, die bereits eingeschlafen ist, nicht zu stören. Toni zündet ein paar Kerzen an, sie holt den Wein von der Theke und füllt ihn in Gläser. Eine warme, friedliche Stimmung verbreitet sich und gibt den Schwingen des Schmerzes und der Trauer genügend Raum. Toni und Maryanne sind in ihrem Schweigen eins mit dieser Schwingung. Toni nimmt die kalte Hand von Maryanne in seine Hände, um sie zu wärmen. Plötzlich umarmen sie einander wie Ertrinkende.

„Komm", sagt Toni, „wir brauchen einander jetzt in diesem Augenblick. Wir haben nur noch einander, du und ich. Wir dürfen einander nicht verlieren. Nicht in diesem Augenblick."

10. TAG

Die Sonne will an einem so denkwürdigen Tag wie heute nicht so recht aufgehen. Eine hartnäckige Wolkenschicht im Osten liegt über den erloschenen Vulkankegeln aus grauer Vorzeit. Maryanne ist schon früh aufgewacht und steht vor der Tür, in den Anblick des grauen Wassers versunken. Wie konnte das Meer gestern nur so grausam sein? Mit einer Welle ein Menschenleben auslöschen, eine Zukunft zerstören, eine glückliche Zweisamkeit ausradieren! Sie will einfach nicht daran denken, dass Enrique nun tot, kalt und steif im „Tanatorio" in Puerto liegt. Sein Bruder würde kommen und die Begräbnisfeierlichkeiten regeln. Und dann auch noch dieses Gedächtniskonzert im Restaurant in Tefia. Ob es sich schon herumgesprochen hat, dass Enrique tot ist?

Maryanne geht ins Haus. Das Frühstück wartet. Wollten nicht die anderen auch kommen? Auf jeden Fall Mara. Sie muss nach ihr schauen. Jetzt darf sie nicht allein bleiben. Sie eilt, so schnell es die großen runden Steine und ihr Bein, auf das sie bereits ganz vergessen hat, zulassen, in das Häuschen auf der anderen Seite des Barranco und klopft an die Tür.

„Mara? Bist du wach? Das Frühstück ist gleich fertig. Du kommst doch?"

Die Türe öffnet sich und Mara tritt heraus – blass, aber gefasst.

„Ja, ich komme. Ich bringe noch Croissants mit, die wir gestern gekauft haben. Enrique will sicher nicht, dass wir nur trübsinnig herumsitzen. Er hätte jetzt den Kaffee genossen und schon wieder die Wellen studiert." Mara lacht kurz auf, mit Tränen in den Augen. Maryanne nimmt ihre Hand. Zu sehr erinnert sie sich an den plötzlichen Tod ihres Mannes und an den Morgen danach. Das Leben ging einfach weiter, vor allem für die Menschen, die nichts von dem Vorfall in der Nacht wussten und fröhlich den Tag begrüßten. So ist es auch jetzt.

In der Zwischenzeit hat Toni schon Kaffee gekocht, den Tisch gedeckt. Der Duft von warmem Brot und würzigem Kaffee hüllt alle wie in eine warme Decke der Entspannung, als ob selbst die Atmosphäre Trost spenden wollte. Immi schlingt ihre Arme um Mara, um ihr Wärme zu geben und auch um Wärme zu bekommen. Die Kleine hat in ihrem kurzen Leben schon zu viel Kontakt mit dem Tod gehabt. Das Rauschen des Meeres dringt durch die geöffnete Tür und erinnert an das Kommen und Gehen im Lauf der Gezeiten.

Anna und Alejandro sind nicht zum gemeinsamen Frühstück erschienen. Alejandro ist ja selbst noch in einer Phase der Trauer um seine Frau. Sie würden sich alle oben beim Konzert und dann beim Mittagessen im Restaurant treffen. Mara hat entschieden, dass der Tag so ablaufen solle, wie Enrique und seine Musikanten es ursprünglich organisiert hatten. Es soll in Abschiedskonzert, ein Gedenkkonzert an Enrique werden.

Im großen Pick-up von Juan fahren sie dann alle fünf hinauf ins Restaurant. In der Zwischenzeit sind auch die zwei anderen Musiker, der Gitarrist und der Bassgeiger, angekommen. Stumm nehmen sie Mara in ihre Arme, um das etwas abgeänderte Programm durchzuprobieren. Es werden hauptsächlich Gesangseinlagen sein, weil ja das Saxofon von Enrique fehlt. Im Hinterzimmer werden die Einsätze und Stimmen geprobt, als unvermutet noch ein Musikerfreund von Enrique auf dem Motorrad heranbraust, der sein Saxofon mitgebracht hat. Immer mehr Autos fahren zum Parkplatz vor dem Restaurant. Die Mikrofone werden installiert. Sonst wird auf keinerlei Elektronik Wert gelegt. Das Podium ist mit weißen Rosen geschmückt. Die Kellner müssen aus einem Nebenhaus alte Gartenstühle herbeischaffen, damit die Leute alle einen Sitzplatz bekommen. In Windeseile hatte sich das Ereignis vom Tod herumgesprochen und dass es ein Abschiedskonzert geben würde.

Als Mara in langem schwarzen Oberteil und schwarzen Hosen das Podium betritt, verstummt das verhaltene Gemurmel und eine atemlose Stille erfüllt den Speisesaal des Restaurants. Auch Mara sagt kein Wort. Sie geht zu ihrem Mikrofon, hebt die Hand – und das Saxofon des befreundeten Musikers beginnt zu klagen. Die Gitarre nimmt die Töne auf und gibt den Rhythmus an die Bassgeige weiter. Jetzt erst setzt die Sängerin mit ihrer dunklen Stimme, zunächst verhalten, ein. Dann steigert sich das Tempo zu einem rasenden Crescendo, das mit einem abrupten Schrei aus der Kehle der Musiker endet.

Nach einer Stille wie nach einem Sturm, setzt nun ein frenetisches Klatschen ein. Die Menschen erheben sich von ihren Sitzen, fallen einander um den Hals, küssen einander und weinen. Als sich die Stimmung etwas beruhigt hat, fängt die Gitarre erneut mit einstimmenden Akkorden eine wiegende Melodie an, die von Saxofon und Singstimme aufgenommen wird. Maryanne bemüht sich, den Text des Songs zu verstehen. Aber vielleicht war es ein Dialekt aus Kuba. Mara wird es ihr übersetzen müssen. Und wieder schwingt sich die Musik in ungeahnte Dimensionen, um danach erschöpft abzufallen ins Nichts. Auch diesmal frenetischer Beifall, Umarmungen, Tränen.

 Beim dritten Stück steht Mara allein mit dem Gitarristen auf der kleinen Bühne. Mit rauer Stimme kündigt sie ein kubanisches Liebeslied an, in dem vom Kommen und Verlieren der Liebe die Rede ist: „En memoria de Enrique, mi amor eterno", fügt sie hinzu. Wie auf ein geheimes Zeichen stehen die Leute alle auf und falten die Hände. Als die Musik endet, erfüllt wieder diese atemlose Stille den Raum, um dann wieder in nicht enden wollendes Tosen überzugehen. Die Musiker verbeugen sich und kündigen nun an, dass während des Essens Musik von einer Kassette von Enrique gespielt würde. Zu mehr wären sie heute emotional nicht in der Lage.

 Die Stühle werden nun wieder um die Tische gruppiert. Die Leute setzen sich. Die Stimmung ist fröhlich, als das Saxofon aus den Lautsprechern erklingt. Die Kellner tragen Teller mit Lammragout, Gemüse und Reis herein. Gläser klirren, die Stimmen werden immer lauter, der Unfall am Strand gestern ist natürlich das Hauptthema, aber auch Anekdoten werden zum Besten gegeben. Jeder weiß etwas Wichtigeres über Enrique zu erzählen. Nur an einem Tisch ist es eher ruhig. Hier sitzen Maryanne und ihre Freunde vom Strand und der Bruder von Enrique, der mit einer Frühmaschine aus Madrid angekommen ist. Die Stimmung ist ernst. Mara hat immer wieder Tränen in den Augen. Toni hat seinen Arm um Maryanne gelegt, sie wiederum ihren Arm um Immi.

„Ich weiß, es ist zu früh, solche Fragen zu stellen", beginnt der Bruder von Enrique zu Mara gewandt.

„Du meinst wahrscheinlich, was ich jetzt machen werde? Enrique und ich hatten ein Engagement in Kuba für kommenden Sommer. Ich werde es annehmen, auch ohne Enrique. Hier bleibe ich nicht, obwohl ich hier auch liebe Freunde habe. Aber in Kuba ist meine Familie. Und da Enrique tot ist, brauche ich die Stütze meiner Familie. Das ist so bei uns. In Kuba lebt auch meine kleine Tochter. Nein, Enrique ist nicht der Vater, das war eine frühere Beziehung. Aber Enrique hat davon gewusst. Er hätte sich um das Kind gekümmert. Er hatte ja keine aus seiner Ehe in Deutschland."

Maryanne hat dieses Gespräch mit zunehmendem Interesse verfolgt. In was hätte sie sich da hineindrängen wollen? Aus Einsamkeit, aus Hunger nach Zuneigung? Sie nimmt die Hand von Toni und drückt sie. Er umarmt sie und hält sie fest an sich gepresst. Alle hier am Tisch hatten einen Partner verloren, durch Krankheit, durch Unfall. Nur der Bruder von Enrique ist nicht verheiratet. Aber was weiß sie von ihm? In jeder Beziehung muss jemand gehen, damit eine andere Person nicht allein bleibt. Könnte aus Mara und Enriques Bruder ein Paar werden? Aber Mara hat starke Bindungen an ihr Heimatland. So wohl kaum. Auch ist der Bruder kein Musiker, sondern Geschäftsmann.

Maryanne wollte nicht das Ende des Trauermahles nach dem Konzert abwarten. Die Musiker und die Trauergesellschaft würden sicher noch lange beisammensitzen, plaudern, singen, trinken. Jeder eben auf seine Art den Kummer bewältigen. Sie war traurig, frustriert und sehnte sich nach Hause. Nach Liebe, Verständnis ... Sie brauchte jemanden, der sie nach Los Molinos in das Häuschen von Anna bringen würde und in der Früh nach Puerto ins Krankenhaus. Dort war eine Kontrolle vereinbart. Maryanne war sicher, dass die komische Stütze abgenommen würde. Sie möchte doch schwimmen, in den Wellen den Kummer mildern.

Toni hat sich bereit erklärt, Maryanne mit seinem Auto in Annas Haus nach Los Molinos hinuntergefahren.

„Wenn ich hier wieder in meinem Camper übernachte, kann ich dich morgen ins Krankenhaus fahren. Ich habe frei, ich muss erst wieder am Dienstag im Hotel Dienst tun."

„Es gibt hier drei Betten. Wenn du willst, kannst du sicher hier übernachten, Anna hat wahrscheinlich nichts dagegen. Alejandro bleibt mit Anna und Immi in der Finca. Immi muss ja in die Schule."

Sie schaut ihn etwas verlegen an.

„Weißt du, ich kann jetzt nur schwer allein sein. Zu viel des Leides, zu viel des Todes."

„Ich wollte dich schon fragen – mir geht es genauso."

Er nimmt sie in die Arme und küsst sie. Für Minuten halten sie sich eng umschlungen, jeder dem anderen Halt gebend. Die Sonne versinkt hinter den Felsen und lässt den Himmel über dem Meer in allen Rottönen und violetten Schattierungen aufleuchten. Als ob auch die Natur sich von Enrique verabschieden wollte. Die rasch hereinfallende Dämmerung und Dunkelheit nimmt allen Schmerz und Kummer in ihre leise wiegenden Schwingen.

11. TAG

Der Morgen verträgt keine Sentimentalität wie der Vorabend. Es ist schon spät. Im Stehen trinken Maryanne und Toni den Kaffee an der Anrichte, steigen ins Auto und nehmen so rasch es geht die steilen Kurven hinauf in die Ebene und weiter nach Puerto. Im Krankenhaus wird die Patientin gleich aufgerufen und in das Untersuchungszimmer gebracht. Macht das die Anwesenheit von Toni? Kennt man ihn als Arzt?

„Ja, ich habe ihnen schon ein paarmal Hotelgäste als Patienten schicken müssen. Das Personal hier erkennt mein Wissen und meine Erfahrung an. Ich habe dem einen oder anderen der Studenten Ausbildungsplätze in Österreich vermitteln können. Aber schau, der Oberarzt kommt schon!"

„Hola Toño!" Der Arzt gibt Maryanne die Hand und klopft Toni freundschaftlich auf die Schulter.

„Ich wusste nicht, dass du die Patientin kennst. Wir werden ihren Knöchel nochmals röntgen und schauen, ob wir die Stütze abnehmen können."

„Ich kenne sie auch erst seit dem Unfall. Ich war ihr beim Aussteigen aus dem Bus behilflich." Er lacht, wird aber gleich ernst.

„Und jetzt haben wir uns wieder bei diesem schrecklichen Unfall von Enrique getroffen, rein zufällig. Ich habe sie in meinem Auto hergebracht und werde sie nach Morro fahren."

Die Schwester begleitet nun Maryanne in den Röntgenraum. Ein bisschen ein Macho ist dieser Arzt schon. Er hat sie doch gar nicht gefragt, wie es ihr geht.

Sie legt sich noch immer leicht empört auf die Liege, als der Arzt nochmals seinen Kopf zur Tür hereinstreckt.

„Entschuldigung, ich war so überrascht vom Auftauchen meines alten Freundes, dass ich auf Sie fast vergessen hätte." Er zwinkert mit den Augen und verschwindet in seinem Untersuchungszimmer, wo er sich kurze Zeit später die neuen Aufnahmen ansieht. „Dafür kann ich Ihnen eine gute Nachricht überbringen", sagt er, als er wieder den Raum betritt, wohin die Schwester Maryanne in der Zwischenzeit hingebracht hat. „Vom Sprung im Gelenk ist nichts mehr zu sehen. Sie müssen sich schonen und beim Gehen eine Bandage tragen, aber schwimmen können Sie gehen, tanzen vielleicht nicht", meint er mit Blick auf Toni. Dieser lacht und meint, dass Tanzen noch nie seine Stärke gewesen sei.

Sie verabschieden sich voneinander mit der Bemerkung, miteinander bald essen zu gehen. „Und Sie kommen natürlich mit. Er wird Sie mit dem Auto fahren."

12. TAG

Ein strahlender Morgen steigt aus dem von der aufgehenden Sonne zart getönten Wasser. Toni und Maryanne sitzen auf dem kleinen Balkon ihres Apartments gegenüber dem Leuchtturm und genießen das Frühstück und ihre neu gewonnene Zweisamkeit, als das Telefon klingelt.

„Ja?", sagt Maryanne in die entstehende Stille und tritt ein paar Schritte zu Seite.

„Nein, es geht mir gut, es ist alles in Ordnung! Heute scheint die Sonne, und ich werde schwimmen gehen. Vor ein paar Tagen hatten wir einen argen Sturm, aber der ist vorbei. Ja, ich melde mich, danke für deine Fürsorge, macht euch keine Sorgen! Grüße alle von mir!"

Sie lässt ihr Telefon sinken und sagt, indem sie sich zu Toni umwendet:

„Das war meine älteste Tochter. Ich konnte ihr nicht die Wahrheit sagen. Sie wäre erschüttert gewesen. Sie hätte das alles nicht verstanden und gesagt, ich müsse nach Hause."

„Und wie geht es nun weiter?", fragt Toni und nimmt Maryanne in die Arme.

„Ich werde noch eine Woche hier im Hotel Dienst machen. Wir können uns jeden Tag sehen, wenn du mit dem Bus zum Strand fährst und dann am Nachmittag und Abend, wenn ich frei habe. Vorausgesetzt, das engt dich nicht zu sehr ein?"

Maryanne steht da und sieht ihn an.

„Wir kennen uns nur ein paar Tage, aber jetzt weiß ich es! Wir kennen uns von früher her. Du bist der Student, den ich vor Jahrzehnten im Konzert getroffen habe. Du hast mir den Platz neben dir angeboten, weißt du das nicht mehr? Nein, das kannst du nicht wissen! Es ist zu lange her. Wir hatten übers Reisen und die Musik gesprochen. Da sagtest du zu mir, dass du dir eine Reise mit mir vorstellen könntest, weil ich so spontan und mutig wirke. Wir wollten uns auch wieder treffen, haben es aber irgendwie versäumt, unsere Adressen und Nachnamen auszutauschen. Erinnerst du dich nicht? Es gab plötzlich nach der Aufführung einen Tumult, eine Aufregung in den Garderoben. Jemand schrie ‚Feuer!'. Die Leute liefen durcheinander. Rauch überall, eine Sirene! Nur hinaus ins Freie!"

„Nein, das will nicht in meinen Kopf, so habe ich das nicht gesagt, glaube ich. Aber, als du dann fort warst, empfand ich eine furchtbare Leere. Da war etwas herübergesprungen zu mir, was ich nicht wahrhaben wollte. Doch ja, diese Szene an den Garderoben ... ich erinnere mich dunkel. Das muss ich verdrängt haben. Irgendjemand wurde von Sanitätern hinausgetragen. Ich dachte schon, das seist du gewesen! Du warst fort, ich habe dich noch draußen gesucht. Aber die verletzte Person war jemand anders. Chaos pur, auch in mir! Mein Gott, wir waren noch so jung ... Und dann habe ich dich nie wieder gesehen, bis neulich am Weg zum Strand. Ich dachte immer nur: ‚Woher kenne ich diese Frau?' – Jetzt lasse ich dich nicht mehr los, wenn du bei mir bleiben willst!"

Maryanne blickt ihn an und sagt nach langem Schweigen: „Und dann machen wir diese große Reise, die du mir damals versprochen hast!" Maryanne zeigt hinaus aufs Meer.

Am Horizont fährt ein großer Frachter seine vorgezeichnete Bahn. Eine Schar grüner Nymphensittiche fliegt kreischend über das Hotel. Unten im Hof hupt ein ungeduldiger Chauffeur in seinem Laster.

Das Leben geht weiter, wie es immer gegangen ist. Unbeirrbar, wie der Ablauf von Tag und Nacht. Sommer und Winter.

Die Autorin

Die 1943 in Wien geborene Autorin Brigitte Almut Gmach interessierte sich bereits früh für das Phänomen Sprache: Nachdem sie in Vorarlberg aufwuchs, studierte sie Englisch und machte die Ausbildung zur Volksschullehrerin in Wien. Nach ihrer Heirat übersiedelte sie nach Tirol, wo sie sich zunächst ihrer Familie mit fünf Kindern widmete.

Im Laufe der Zeit fand die Autorin unterschiedliche Wege, ihre Kreativität auszuleben: Sie schloss unter anderem Keramikstudien in Ungarn, Italien und der Schweiz ab. Damit noch nicht genug, bereiste Brigitte Almut Gmach Westafrika, um dort die Kunst der Frauen zu studieren.

Durch ihre Leidenschaft zur Kunst wie Keramik, Malerei und Musik und durch die Erfahrung, die sie auf ihren Reisen sammeln konnte, entdeckte sie die Liebe zum Schreiben. Als Mitglied der Schreibwerkstatt Breitenbach am Inn hält sie Lesungen und lässt ihrer schriftstellerischen Tätigkeit in Form von Reisetagebüchern und Kurzgeschichten ihren freien Lauf – wie auch in ihrem Werk „Die Inselnomadin".

novum VERLAG FÜR NEUAUTOREN

Der Verlag

„ *Wer aufhört besser zu werden, hat aufgehört gut zu sein!*

Basierend auf diesem Motto ist es dem novum Verlag ein Anliegen neue Manuskripte aufzuspüren, zu veröffentlichen und deren Autoren langfristig zu fördern. Mittlerweile gilt der 1997 gegründete und mehrfach prämierte Verlag als Spezialist für Neuautoren in Deutschland, Österreich und der Schweiz.

Für jedes neue Manuskript wird innerhalb weniger Wochen eine kostenfreie, unverbindliche Lektorats-Prüfung erstellt.

Weitere Informationen zum Verlag und seinen Büchern finden Sie im Internet unter:

w w w . n o v u m v e r l a g . c o m

Bewerten Sie dieses Buch auf unserer Homepage!

www.novumverlag.com